D+

dear+ novel

bokunoboukun wa oborerukurainí amai

ぼくの暴君は溺れるくらいに甘い

川琴ゆい華

JN100148

新書館ディアプラス文庫

ぼくの暴君は溺れるくらいに甘い

contents

illustration : 金ひかる

happening
XYZ!
ぼくの暴君は溺れるくらいに甘い

× 1 ×

誰か、僕を犯してくれないかな。

皆河理久《みながわりく》は帰宅するための最終電車に揺られながら、ドア越しに街の灯《あか》りをぼんやりと眺め、そんな現実性に乏《とぼ》しいことを考えていた。

今日も何ひとつハプニングは起きず、平穏な一日が終わる。

寝取られたい・自慰を見てほしい・性交窃視など特殊性癖の人間ばかりが集まるバーでも、理久は『自分を犯してくれる誰か』が現れるのをただ待っているだけだ。こんなの誰も受け入れてくれるわけがないという思いに長年囚《とら》われているせいで積極的に行動できず、誘いにのったこともない。でも、普通ではない人たちばかりがいる場所だから、同じく普通ではない自分もそこにいていいのだと安心できて、つい足を運んでしまう。

犯されたい――と理久が最初に思ったのは、自身の性対象が男性限定だと自覚した中学生の頃だった。

だが、見目《みめ》の良い好みの容姿の上級生はみな当然のようにノンケだ。地道に妄想《もうそう》する以外に欲求を発散する方法がなく、ゲイの自分は、同級生が集《つど》う若い欲望に彩《いろど》られた青春のきらめきの蚊帳《かや》の外にいるような気持ちだった。

そもそもなぜ「犯されたい」という発想に固執《こしつ》するようになったのか考えるに、おそらく「恋をしたい」をすっ飛ばして「自分を求められたい」という渇求《かっきゅう》が肥大《ひだい》し、拗《こじ》れた結果なのだろう。

――自分から求めないから手に入らない。知ってる。求めれば簡単に受け入れてもらえるものじゃないってことも、知ってる。

ゲイという性的指向がハードルになり、さらに「犯されたい」という高いジャンプ台を飛ばないといけないのだ。頭から突っ込んでいってケガをするのはいやだ、という気持ちが強い。

恋愛に限らず人づきあいも消極的で、変わるきっかけもなくおとなになった。

当時から燻《くすぶ》り続《つづ》けている欲望はいまだ一度も昇華されることなく、他人の前でさらけ出す勇気も持てず、理久の身の内に秘められたままの熾火《おきび》となっている。

時間のベルトコンベアに乗って、もう何年も繰り返されている代わり映《ば》えのない毎日。昼前に職場である品川《しながわ》の学習塾へ向かい、十六時頃から講師として中高生の前に立って、二十二時近くに五反田《ごたんだ》の自宅マンションに帰宅するだけ。

土曜日のみ早い時間からの授業開始になるため、十九時には仕事が終わるのもあって、今日は四月に新しく入った男性講師の歓迎会が新宿《しんじゅく》で行われた。

その新任講師・桧山知希《ひやまともき》は理久と同じ二十六歳で、塾講師としても同じくらいのキャリアがあるため、働き始めてひと月ほどしかたたないのに来週から中学部難関校コースの個別指導も担当するらしい。

先日、彼が現在受け持っている十人ほどのグループ授業を見学させてもらったが、分かりやすい授業内容はもちろん、やんちゃな中学生らのあしらいも見事だったので、きっと多数の指名が来るような人気講師になるのだろう。

——桧山さん……長身でスリムスーツが似合ってて、顔もかっこいいしな。

クールな立ち居振る舞いで、前髪から覗く細めの桃花眼《とうかがん》が冷たそうな印象だが、眩《まぶ》しそうな顔で笑うところに親しみを感じるし、意外と周囲に気を遣《つか》って行動するタイプのようだ。

反対に埋久は協調性があるように見られるが、くだんの歓迎会も一時間たらずで抜けてしまった。GWの集中ゼミなどもあり忙《せわ》しい一週間だったため、ヒットポイントを限界まで削《けず》られていたのだ。勤務時間外は適度に自分の都合を優先することにしている。

——そうして得た自由を持て余して、満員の終電の中で「目の前のリーマンでもいいから」なんてさもしい妄想にいっとき浸《ひた》ったら、あとは帰って寝るだけです。

誰かに犯されてめちゃくちゃにされるという、起こりもしないよこしまな妄想に身体を熱くして、ばかだなぁと自分で思い、最後はさみしくなる。

土曜の夜だからみんなハメを外したのか、終電の中は身体と身体がぶつかる混雑具合だ。

理久は目の前のサラリーマンの顔をあらためて盗み見し、内心で「身体はいいのに顔がな……」と失礼なジャッジをしてため息をついた。妄想を捏《こ》ねくり回した結果、理想が高くなりすぎているのだ。セックスに慣れた紳士的な細マッチョのイケメンじゃないとイヤだなどと、犯される側なのに身勝手な嗜好《しこう》の篩《ふるい》にかける。でも妄想なのだから咎《とが》められるわけはない。

次に新任講師の顔を思い浮かべ、目の前のサラリーマンの頭とすげ替えた。

——あの冷たいサディスティックな目つきで、ゴミ虫でも睨《ね》めるように見下ろされたい。身体を上から押さえつけられ、強引なセックスをされるのを想像する。

名前も知らない男に犯されること以上に、そのシチュエーションはあり得ないのに、想像すると腰の辺りがぞくぞくして、理久は下肢《かし》が熱を帯びるのを感じた。

でも、彼が学習塾では常識的な人として振る舞い、裏では暴力的なＤＶ男だったらいやだ。恋だの云々《うんぬん》の前に、人としてもつきあいたくない。

——あくまでもセックスのたった一回だけ。乱暴にいたぶってほしい。

痴漢《ちかん》も強姦《ごうかん》も卑劣《ひれつ》な犯罪だ。それは分かっているし、妄想を飛び出して実際に今この場所で……と考えれば恐ろしい事件でしかない。リアルで痛い目に遭《あ》うのも、怖いのもいやだ。

合意の上で犯してくれとは、失笑してしまうほどこの願望は矛盾《むじゅん》しているとも思う。だけど虚構の妄想として自分の頭の中だけで行われるファンタジーだ。欲望は露呈《ろてい》すると滑稽《こっけい》だが、仕事も、スーツも、笑顔も、社交辞令も、理久の秘密を綺麗に覆《おお》い隠してくれる。

この先ずっと、犯されたいという願望を内包《ないほう》し、滞《とどこお》りなく退屈に生きるのだと思っていた。

× 2 ×

誰かのため、何かのために毎日働いて、週末の夜くらいは自由にさせてくれって思うこともあるよな——桧山知希《ひやまともき》は新宿《しんじゅく》から乗った終電の車内で偶然見つけた同僚の姿を遠目に、そんなふうに憶測《おくそく》で同意して目線を逸《そ》らした。

窓の外を流れるのはイルミネーションの光と広告看板で彩《いろど》られた夜の街並みだ。

いつもは電車内が比較的空《す》いている正午ごろに品川《しながわ》駅近くの学習塾に出勤、二十二時頃に退勤するので、こういうラッシュ状態の中に立っているだけでため息をつきたくなる。

今日は学習塾の講師たちが、新入りの知希のために歓迎会を催《もよお》してくれた。飲み会で仕事の話を肴《さかな》にするのは苦ではないけれど、七連勤あとのアルコールが効いて疲労感が半端ない。

知希は再び、斜向《はすむ》かいのドア付近に立つ同僚・皆河理久《みながわりく》のほうへちらりと目をやった。

百八十三センチと高身長の知希は、揺れる人垣《ひとがき》の隙間に見え隠れする彼の表情を捉《とら》えることができる。センター分けの長めの前髪が彼の目に半分ほどかかっていて、ゆっくりとした瞬《まばた》きでなんだか眠そうだ。

——歓迎会の途中で「用がある」って帰って、終電までどこかで飲んでたってことか。

飲み始めて一時間たらず、帰り際の彼はほとんど酔《よ》っていなかった。ところが今は、首や耳が赤く染まり、窓の外へ向けられた目はとろんとしている。だから、職場の飲み会ではあまり弾《はじ》けられないけれど、どこかでガス抜きよろしく深酒したのかもしれないと憶測したのだ。

彼は知希と同じ二十六歳だ。大学生の頃から同塾でアルバイトをしていた流れで、正社員の講師になったときいている。塾講師としてのスキルが高いだけでなく、朗《ほが》らかで人当たりもよく、メンズコスメのモデルに起用されてもおかしくないほど綺麗な顔立ちということもあり生徒たちに人気だ。中高生が大半を占める学習塾で、毎年卒業シーズンに退塾する女子生徒数人から告白されているのだと、一次会で隣の講師が話していた。

——まぁ、いろいろとストレスがたまる仕事だよな。

知希は別の学習塾で契約社員の講師として働いていたが、今回の再就職でめでたく正社員雇用とあいなった。四月から働き始めてまだひと月ほどだが、大学時代に学習塾でのアルバイト経験があり、講師としてのキャリアも理久とほとんど変わらない。だから同じ仕事に携《たずさ》わる者として、週末くらいは仕事を忘れて羽をのばしたくなる気持ちも分かるのだ。

駅で停車するたびに、乗客がどっと追加投入される。自宅最寄り駅の大崎《おおさき》まであと四駅の辛《しん》抱《ぼう》、と思いながら、知希は泥酔《でいすい》している様子の同僚が押しつぶされていないかと心配になった。

人波の隙間に見える理久は勤務中のぱきっとした目つきとちがい、今は二重幅《ふたえはば》が広い半眼になっていて、時折眉《まゆ》を寄せる表情がやけに扇情的に映《うつ》る。

——……なんか、えっろ。

知希は見てはいけないものをうっかり見てしまった気分で、完全に目を逸《そ》らした。

職場で見る彼とだいぶ雰囲気が異なる気だるげな表情が脳裏に焼きつき、胸がざわめく。

学習塾内では仕事の話と当たり障《さわ》りのない世間話を交わすだけで、同年齢とはいえ講師陣のLINEのグループトーク画面でのみつながっている希薄な関係だ。講師全員で交換しているスマホの番号に電話をかけたこともないし、自宅がどこなのかもきいていない。彼が未婚であること以外プライベートはほとんどが謎《なぞ》だ。

人とのそういう関わり方は知希に対してだけでなく、他の講師たちにも同様のようなので、仕事と私事をきっちり分けたいタイプなのだろう。だからこんなふうに電車内で偶然見かけても「俺の歓迎会を抜けてどこで飲んだんですか?」などと気易《きやす》く声をかけるより、そっとしておこうと思う。

電車が五反田《ごたんだ》駅のホームで減速していく。知希は性懲《しょうこ》りもなく理久のほうをちらりと見遣《みや》った。理久は顔をしかめ、ため息をついてうなだれている。もしかすると具合が悪いのかもしれない。

ドアが開き、苦しげな表情の理久も人波ごと下りていく。知希は咄嗟《とっさ》に彼を追い、最終電車を降りてしまった。

「皆河さん!」

足取りがふらついている理久の腕を知希が摑んで引きとめると、彼は「……え?」という顔で振り返る。

理久のひたいに汗がうっすら浮かんでおり、ゆっくり瞬《まばた》く表情はやけにエロティックで、知希は内心でなぜか少し苛立《いらだ》ってしまった。

ふたりの脇を、最終電車が走り去る。

「……桧山さん……？」

「同じ電車に乗ってたんですけど、具合が悪そうに見えたから」

なぜ知希がここにいるのか分かっていない理久にそう説明すると、彼は「あ……あぁ、すみません」と気まずそうに謝った。

「ちょっと……はい……」

近くに座れそうなところが見当たらない。知希はひとまず彼を柱に寄りかからせた。

「皆河さん、めちゃめちゃ酔ってますよね。ちょっと具合悪いんでしょう。汗すごい」

身長差七、八センチの視線の先にある、汗が滲《にじ》むうなじも首筋も艶《なま》めかしく見えるのをなんとかしたくて、知希は自分が持っていたハンカチを彼に「使ってください」と渡す。さっき覚えた苛立ちは、こんな無防備な姿をどんなやつがいるとも知れない不特定多数の前で晒《さら》すなんてけしからんという気持ちだったのだ。

理久は軽い会釈《えしゃく》でハンカチを受け取り、汗を拭《ぬぐ》った。

「……今の、終電だったのに」

「うち、大崎だから。ひと駅くらい歩けるし。皆河さん、一回ジャケット脱いで風に当たったほうが」

知希が促《うなが》すと、理久は素直に「うん」とうなずいて斜《なな》め掛けのバッグを地面に置く。ジャケットがひっかかってうまく脱げない様子だったので、知希が手を貸した。

脱いだジャケットを持ってやると、理久はネクタイをゆるめた右手でワイシャツの一番上のボタンを外し、ほっと息をついている。それからハンカチで首筋や鎖骨《さこつ》の辺りを拭《ふ》いて、「これ、洗って週明けに返すよ」と無理に笑みを浮かべた。

彼の反応やしぐさ、動きひとつとってもかわいく見えたり、やけに官能的に映《うつ》ったりして、知希はいっときも目が離せない。

——塾で見る皆河さんと……ほんとになんか、ぜんぜんちがう。

しかし考えてみれば仕事中は酔っ払っていないわけで、いつもと様子が異なるのは当然だ。

「ごめん、もうだいじょうぶ」

うっすら笑みを浮かべてはいるものの目を合わせようとしないし、これ以上はかまわないでくれオーラを知希も感じ取ったが、とてもだいじょうぶには見えない。

「きつそうじゃないですか。家、この辺なんですよね？　送っていきますよ」

「え？　いや、ほんとに」

必要ないと言わんばかりに急に柱から身を起こした理久の身体がぐらりと傾《かし》ぐ。

happening
XYZ!

「ちょっ、皆河さん！」

知希は慌てて理久を抱きとめようと手を伸ばした。

理久は地面に片膝をついたものの、知希の腕に摑まってなんとか倒れずにすんだようだ。しかし知希は理久をキャッチすることに気を取られ、預かっていた彼のジャケットの存在を忘れて自分のバッグごと放ってしまった。

なおも「ちょっとふらっとしただけ」と言い募《つの》る理久を再び柱に寄りかからせながら、彼のジャケットを知希が拾い上げたとき、ばらばらと落ちたものにふたり同時に注目する。

ひとつはカード、そして四つつながったパッケージのコンドームだ。

どうやら外ポケットに入っていたらしい。

知希がぎょっとしつつもカードを拾うと、理久は飛びつくようにしてコンドームを摑み、自身のスラックスのポケットに乱暴に突っ込んだ。それから、知希が拾ったカードを「ありがと」とおざなりなお礼の言葉とともに光の速さで奪い取る。

知希は直後こそ目を瞬かせたけれど、同じ仕事をしている同じ歳の男として、すぐに「まぁ、そりゃあこの人だって普通の人間だしな」と妙に納得してしまった。

オンタイムに生徒に人気の爽《さわ》やか塾講師として清廉《せいれん》にふるまっているからといって、オフタイムもそのイメージのままでいなければならないわけじゃない。きっちり線引きできているのだから、そこはさすがプロだ。

「ゴム、いつもポケットに入れてんの？　塾で着てるジャケットに？」

知希の敬語を外した不躾《ぶしつけ》な問いかけに理久は慌てて「ち、ちがうっ、これはさっき、ちょっと、その」とよく分からない言い訳をあわあわとなりながら繰り返す。

「仕事中にポケットに入れて持ち歩いてるわけないですよね」

知希が笑みを浮かべてしたフォローに、理久はしかめっ面《つら》で「当たり前だろ」と答えた。意外に気が強そうな返しが来たなと驚いていると、理久もしまったと思ったのか俯《うつむ》いている。

「それだけ動けるならだいじょうぶそうですね、皆河さん」

「だいじょうぶ。うん、ありがとう。世話かけてごめん」

居心地が悪そうにしている理久の肩に羽織らせるつもりでジャケットをかければ、もぞもぞと袖《そで》に腕をとおす。背後から見る理久の耳朶《みみたぶ》も首筋も、酔いと羞恥《しゅうち》が重なっていっそう赤い。

ふたりで五反田駅の東口を出てすぐに、理久が「こっちだから」と、知希が向かう方面と逆を指す。

「あ、じゃあ、また来週。気をつけて」

知希は軽く挨拶《あいさつ》して、踵《きびす》を返した。

いくらか歩みを進め、そっと背後を振り返る。理久の姿はどこにもない。知希はほっと息をついて、自分が少し緊張していたことに気付いた。

——……びびった。皆河さんのジャケットのポケットにゴムって。未開封だったけど。

開封されて中身がカラだったらさらにセンセーショナルだったが。歓迎会を早引けして行ったところで貰《もら》ったのかもしれない。そんなに慌てなくてもいいのに、「これはさっき、ちょっと」と弁解に必死な理久の様子を思い出す。

——それより……もうひとつのほうが気になるんですけど……。

理久のポケットから出てきた、ラミネート加工された黒いカードだ。知希は理久の前であえてコンドームにだけふれたが、あれは普通のショップカードやポイントカードではない。

立ちどまってスマホをポケットから取り出し、見覚えのある店名を検索《けんさく》する。

黒いカードには『ｈａｐｐｅｎ・ｉｎｇ　ＸＹＺ！』とピンク色の文字で店名が入っていた。知希の見間違いの可能性もあったが、予想どおり新宿二丁目の店がヒットし、情報をさらに得るためにリンクをタップすると、さっきのカードとまったく同じデザインのトップページが出てくる。

——やっぱりあれ、このハプニングバーの会員証だ。

知希がその店名に見覚えがあったのは、まだ大学を卒業したての頃におとなの社会科見学と称して「ハプバーに行ってみないか？」と友人のひとりが言いだし、飲み会のノリもあってどのハプニングバーへ行くか検索したことがあるからだ。実際に行ったのは歌舞伎町《かぶきちょう》の他店だったが、『ｈａｐｐｅｎ・ｉｎｇ　ＸＹＺ《エクシーズ》！』の覚えやすい店名とどぎつい色の文字、開きかけのジッパーのデザインが記憶に残っている。

ハプニングバーはバーテンダーによるアルコールの提供がメインではない。その場に居合わせたいろいろな性的嗜好《しこう》を持つ客同士が一夜限りのハプニング、つまりセックスを楽しむバーの総称だ。しかし必ず性的な行為ができる場所というわけではない。ニーズや好みが合う相手に出会わなければ、アルコールを飲むだけ、世間話だけして帰ることになる。

『ｈａｐｐｅｎｉｎｇ　ＸＹＺ！』は場所柄《がら》的にも基本はゲイ向け、限定イベントの夜だけ女性も入店可能だ。知希がバイセクシャルなのを踏まえて友人が候補に挙げていたが、六人いた中の四人はノンケで、「いくらなんでもはじめて行くのにディープすぎる」とその場の全員が遠慮《えんりょ》した店だった。

あのとき酔った勢いと好奇心から行った男女が集うハプニングバーで、「へー、こういう世界もあるんだ」とカクテルを飲みながらまさに見学しただけ。そもそもそういうところで出会った相手とどうこうなりたいわけではないので、以降は一度も行っていない。

しかしポケットにハプニングバーの会員証を入れっぱなしとは迂闊《うかつ》すぎる。土曜の夜に羽目を外してしまったのだろうか。

――あの爽やか好感度抜群《ばつぐん》の塾講師・皆河先生が？

知希の頭には、学習塾内で見る理久ではなく、さっきの電車内で知った彼の素の表情が浮かぶ。講師のときの彼の顔しか知らなければ「意外だな」で終わっていたかもしれないが、本当はあんな表情で誰かを誘ったりするんだろうか、などと考えてしまう。

――皆河さん、ゲイ……なのかな。

サイトの告知を確認すると今日はミックスイベント開催日ではないので、ゲイかバイでないと店内には入れないはずだ。自身がバイなので、そこはあまり驚かない。

知希はなんとはなしに、サイト内の『掲示板』をタップしてみた。

ハプニングバーのサイトには、客たちがやりとりするための掲示板が必ず設置されている。たとえばネコがタチを求めているとき、店内にネコだらけだとなんのハプニングも起こらず時間の無駄になってしまう。そうならないように自分の来店を掲示板で予告することで、効率よく相性のよさそうな人に声をかけてもらうためだ。

少しスクロールしたところに『ミクリ』というハンドルネームで書き込みがある。

『こっちの飲み会が終わり次第行くつとりです（20：35）』

知希は眉を寄せた。『行くつとり』という誤字の直後に『行くつもりです』と几帳面《きちょうめん》に再投稿されている。ちなみに店側の返信は『ミクリさん、いつもありがとうございます。お待ちしております』だ。

「……行くつとり……」

その誤字に既視感がある。知希はＬＩＮＥアプリをタップした。今日の歓迎会について、講師陣のグループトークで理久が十九時頃『講習が終わり次第行くつとりです』と送信していたのだ。そのときは自身の誤字をスルーしているので、気付かなかったのかもしれない。

しかもハンドルネームが『ミクリ』だ。

「ミクリ……ミ……クリ……」

ミナガワリクの名前の一部をアナグラムにしたのではないか。彼が生徒からプリントなどの提出物を受け取った際に確認済みを示すマークとして、簡単に栗の絵を描いているのは皆知っている。すべて状況証拠から得た憶測だが『ミクリ=皆河理久』の説が頭をよぎった。

学習塾での爽やかな講師の姿とは結びつかない世界で、別の人間としてつかの間の愉楽《ゆらく》に耽《ふけ》っているのかもしれない。ニュースで見るような生徒に手を出す鬼畜《きちく》講師や、噂《うわさ》で耳にするような保護者と不倫関係になる不届き者に比べれば、むしろ正しい性欲発散手段だとも思う。

知希は小さくため息をついてスマホをポケットに戻した。

——見なかったことにしよう。

彼に直接訊《き》いて確認したわけではないのだし、真相を追及せず闇《やみ》の中に葬《ほうむ》るべきだ。

知希自身、友人らにはバイセクシャルだということをまったく隠さず明かしているが、学習塾の仕事関係者に同じようにオープンにしようとは思わない。秘密主義な理久ならとくに、仕事仲間にプライベートを知られたくないだろう。

しかし、忘れなければと思うこと自体が、すでに囚われている証《あか》しなのだ。

週明けの月曜日、知希が学習塾の講師ルームに入ったとき、理久はいつもどおり窓を背にした席で仕事をしていた。

理久が顔を上げるのを視界の端で捉《とら》えながら、知希は自分より早く登塾している講師らに「週末の歓迎会ありがとうございました」と挨拶して進み、彼の斜向かいにあたる自分の席へ向かう。塾長を除き十二人いる講師の半分の六人が三人ずつ向かい合うかたちでひとつの島になっていて、理久は窓側の真ん中、知希は島を分ける通路側の端に席がある。

知希が席につく前に、理久がこちらへ寄ってきた。

「桧山先生、あの、これ」

理久がお礼の言葉とともに差し出してきたのは、土曜の夜に彼に貸したハンカチだ。

「それと、あのときご迷惑をかけたので」

追加でカカオ70%のビーントゥーバーまで手渡された。

知希が「え?」と反応すると「あれっ、これ好きじゃない?」と不安げに訊いてくる。

知希は自分の好みを理久が知っていることに驚いた。

「いえ、すみません、気を遣わせて。好きです。ありがとうございます」

「桧山先生がハイカカオのチョコを食べてるの、ここで見たことあって」

見られていたとはまったく気付かなかった。胸の端っこのほうが、ざわっとする。

「あぁ……甘いのは苦手だけど、こういう苦み強めのチョコは好きなので」

「わたしはミルクたっぷりめのほうが好きです。仕事中、脳に糖分が必要なときってありますよね」

にこりと笑った顔は、いつもの学習塾講師・皆河理久だ。

あの夜、もうひとつの表情を知ってしまったので、こちらの彼のほうが取り繕《つくろ》われているように感じてしまう。

知希が思わずじっと見つめていると、理久が一瞬警戒するように身を硬くした。

「……あの……」

彼と共有した秘密と、好奇心で覗き見した罪を、この講師ルームの他の誰も知らないのだ。

知希は顔にも態度にもいっさい感情を出さないが、内心では震えていた。

——こんなのどうしたって意識するだろ……！

忘れなければと自戒したのに、あの晩、あろうことか知希はみだらな姿で喘《あえ》ぐ理久の夢まで見てしまった。あのときの彼はそれを想像させてしまうのに充分濃厚な情報を提供し、脳にこびりつくほどの印象を植えつけたのだ。だから起き抜けに「いきなりえろすぎな皆河さんも半分悪い」と、知希は八つ当たりで悪態をついたのだった。

——その……上目遣《うわめづか》いもなんかもうぜんぶがえろく見えるし。

同僚の講師のすべてが蠱惑的《こわくてき》に映るだなんて、自分の目はおかしくなってしまったらしい。

先週まで『講師の皆河先生』と自分がどうやって会話していたのか、もはや思い出せない。

――くそ。だめだ。抗《あらが》えない。

これまでの人生で恋愛関係になりそうな相手に対して知希のほうから情熱的に行動したことはないし、いざつきあっても密な関係を継続するのがむずかしく、相手によっては「つきあうって面倒だな」とさえ思うこともあった。いつも感情は凪《な》ぎの海みたいで、自身をコントロールするのはたやすかった。

それなのに今、心が勝手に反応するのだ。自分の身体がオールを失って波に呑《の》まれる小さな舟にでもなった気がする。恋という名前を騙《かた》ろうとしているただの性欲かもしれないが、その真偽をこの場でゆっくり追及する余裕もない。

知希はどうしようもない情動のまま一歩、理久に身を寄せた。脅《おど》したいわけじゃなく、ただ彼のことがもっと知りたいのだ。

理久のほうは反対に、驚いた様子でますます身を硬くした。

「今日はポケットにうっかり入れてない？」

知希の冗談に理久が目を大きくして「入れてないです」と音量を落とした強い口調で答える。この『いつも朗らかで爽やか、好感度のかたまり』みたいなイメージがやや崩れて彼の本質を感じられるような気の強い受け答えもいい。

知希はにっと笑って、ただ「うん、よかった」と返した。理久は少し戸惑ったものの、知希のフォローと分かったのか、羞恥《しゅうち》の混ざる薄い笑みを浮かべてうなずく。

「あぁそうだ、皆河先生、今度受け持つことになった生徒さんの学習スケジュールのことでちょっと相談にのっていただきたくて」

「……わたしに……ですか?」

理久の目線がベテラン講師のほうへちらりと流れる。

「この生徒さん、以前、皆河先生がグループ授業で担当されてたと聞いたので、ピンポイントなアドバイスとかいただけるかなって」

知希がファイルを開いて差し出すと、理久は資料に目線を落としたまま「あぁ、はい」とうなずいた。

「皆河先生が休憩《きゅうけい》されるときでいいので」

そのときにコーヒーでも奢《おご》って、彼の好みの食べものなど聞き出せればいいなと思う。流れで飲みに誘えたらいいし、できれば講師陣のLINEグループじゃなくて個人的につながりたい。


二十二時を回り、知希は学習塾を出て、週明け月曜日の仕事の疲れとあまりうまくいかなかった理久とのもろもろにため息をついた。

健闘《けんとう》むなしく、理久と飲みに行く約束は取りつけられなかった。彼の断り口が「夜は出歩かないんで」という、すがすがしいほどに明らかな『お断り』だったため、知希はすっかり意気消沈《しょうちん》して、個人的にLINEのIDを交換したいと切り出すことすらできずじまいだ。

講師陣のLINEグループでつながっているのだから突撃しようと思えば可能だが、あのかんじだとそういうことをすれば百パーセントきらわれる。

――ハプバーには自分から行くのに？

勝手に断定しているが、『ミクリ』はあのハプニングバーの常連らしい。

店の掲示板をぜんぶ遡《さかのぼ》ったわけではないけれど、『ミクリ』の書き込みが直近でも他に二件あった。いずれも土曜の夜。掲示板に書き込まずに入店する日もあるだろうが、他の客やスタッフコメント等の状況証拠から判断して、月に一、二度の頻度《ひんど》で足を運んでいるようだ。

しかし『ミクリ』は店の常連客ではあるものの、掲示板の文脈から推測するに実際にプレイしている様子がない。店員が『ミクリさんにも次こそグッドハプニングがありますように』と返信していること、客Aは『ぜんぜんOKくれないし〜』、客Bは『初ハプニングは俺にしよう？』と書き込んでいたからだ。

『ミクリ』にまったく相手にされていない姿の見えない男たちには、ザマァ&同情するが。

――同僚の男なんてはなから対象外なんだろ。けど、その前にきらわれてる気もする。

プライベートを過ごすとき、相手が仕事仲間だと煩《わずら》わしいのもあるだろうし、四連コンドーム事件を「今日はポケットにうっかり入れてない？」と冗談で訊いてしまったことなど、もしかして失敗だったのかもしれない。

——俺はそんなのぜんぜん気にしてませんよ、のアピールのつもりだったんだけど。

同じ歳の男同士だし、それくらいのフランクさでいいかなと思ったのだ。しかしこちらが冗談のつもりでも、相手はセクハラに感じたかもしれない。だとしたら最悪だ。

「夜は出歩かないんで」なんて取りつく島もない。ばかなふりして「じゃあ登塾前に同伴ランチでも」と誘えるずうずうしさがあればもうひと押しできたかもしれないが、相手は同僚で、そこまで必死になるほどの情熱だって知希にもない。

ただ、仕事のこととなると理久は親切丁寧に知希に惜しみなくアドバイスをくれて、さすが人気講師は心に余裕がある、と密《ひそ》かに感嘆した。受け持つ生徒の成績や合格実績で講師も優劣《ゆうれつ》を判定され、指名の有無も査定に響くので、以前勤めていた塾ではあからさまにライバル視してくる講師もいたくらいだ。

知希の中で理久は、ポケットに四連コンドーム&ハプニングバーの会員証という超意外性があるのに加えて好感度もつり上がった。顔良し、性格良し、じつはえろいし、ときどきかわいいなんて、彼に惹《ひ》かれることをとめる隙がなくて困る。

夢で彼とセックスしてしまったのだし「変に抗《あらが》うのは無駄」という心境だが、二十六歳でようやく正規雇用を勝ち取った職場なので、知希としてもヘタは打ちたくない。

——とりあえずもう少し仲良く話せるくらいにはなりたかったんだけど。まぁ……なるようにしかならないよな。

今はまだ軽い好意でしかないのだから、塾講師として軌道《きどう》にのることを最優先で考えていれば、そのうちチャンスが巡《めぐ》ってくるかもしれないのだ。


しかし期待したような都合のいい機会はおとずれることなく、さらにひと月たった。

いまだに理久とは講師陣のＬＩＮＥグループ内だけのつながりだし、ふたりで飲みに行くどころか、登塾前にランチするなんて約束にも至っていない。思いきって「お昼ってどこかで食べてから塾に来ることありますか？」と理久に訊いてみたところ「家で食べてます」という答えで会話が終了した。

――会話がコールアンドレスポンスにならない。つまり相手のほうにコミュニケーションを取る気がない。

四連コンドーム事件で馴れあうつもりだった知希とちがい、あれがあってよけいに距離を取られ、とくに挽回《ばんかい》の機会もないままだ。

当然だが仕事も忙しい。五月は保護者面談が行われ、六月に入ると夏期講習の準備をしつつその案内、さらに定期試験対策、夏休みに入塾を希望する生徒への説明会とやるべき仕事が目白押しだ。理久の気を惹くことにかまけていられない。

それに十二人いる講師陣のうちでも若手なので、さらに若いアルバイトを引き連れて駅前でのビラ配りや学校付近での勧誘活動も率先して受け持つ業務だ。

この日は帰宅ラッシュの時間帯に品川駅前で『夏期講習・お友だち紹介キャンペーン』のビラを配り終えたら、土曜日なのでそのまま直帰してもいいことになっていた。

「こっちもビラぜんぶ配り終わりました。帰りましょうか」

知希が声をかけると、理久は「そうですね」と答えて、アルバイトの大学生たちに帰宅を促した。

「皆河先生は、塾に戻るんですか？」

「はい……わたしは少し仕事が……保護者へのメールと採点が残ってるので」

ここのところ理久は毎週、土曜日も二十一時か二十二時頃まで残業しているようだ。もろもろの忙しさに加え、偏差値から判断すると合格圏内《けんない》に持っていくのが難しい生徒を受け持っているし、当たりのきつい保護者や無断欠席を繰り返す生徒のフォローもあって、とても疲れているように見える。

それでも笑顔で「お疲れさまでした」と挨拶をする理久の腕を、知希は摑んで引きとめた。

理久は丸い目で知希のほうへ振り向く。

「なんか、俺でよかったら手伝いましょうか。採点とか……赤ペンコメントが必要な部分もありますけど、そこだけ皆河先生がフォローすれば」

知希の申し出に、理久は少し困った顔をした。

「そういうわけには……採点も全体が見えないと的確なアドバイスができなくなるし」

外から見えない部分でもまじめだ。彼の学習指導ノートひとつとっても、指導ポイントや注意点などびっしり書き込みがされていた。生徒ひとりひとりの答案とも真剣に向き合って、手を抜かない姿勢は尊敬するが。

「ちょっと待ってて」

知希はすぐ傍《そば》のコンビニに飛び込んで、数品を手に取り、会計して理久のもとに戻った。買ってきたのは栄養補助食品やお湯を注ぐだけの春雨《はるさめ》スープだ。今日は雨が降っていて、少し肌寒い。

「皆河先生、登塾したあとろくに食べてないし」

昼前に自宅で昼食を取ったとして、以降はほとんど休憩していないはず。

理久は袋の中を覗いて顔を上げた。

「グミ、多すぎ」

笑ってくれたというだけで、勤務とビラ配りの疲れはどこかへ消える。

「クマのグミ、好きですよね。あと、そのレモン味のやつとか。超ハード系のグミが好きなんだろうなって」

「はい。食べすぎて具合悪くなったことあります」

「加減しろ」

「三つも買ってきて言うセリフじゃない」

笑顔の連打を浴びて、知希はなんだか心が洗われた気分だ。

「でもグミはおやつだから。ちゃんとスープのほう食べて」

すると理久は目を大きくして、うれしそうなはにかみを見せた。

「ありがとうございます。いただきます」

理久がぺこりと会釈し、傘《かさ》を広げて雨の中へ出て行く。ややあってこちらを振り返り、知希が見送っていることに気がつくとぎこちなく笑って、コンビニ袋を持ったほうの手を胸元の辺りまで上げ、素早くぴぴっと振った。

——手ぇっ……振るタイプかよ。

小さなかけらが、知希の心の中にまたひとつ落ちて積もる。

——あぁ……なんか、好き……だな……。

燃え上がるような感情ではないが、好意を抱《いだ》いていることをじわじわと自覚させられる。

理久といつもより少し楽しく会話できた気がして満足し、知希は改札方面へ向かった。


その日の夜だった。

毎週土曜日になると、知希は『happening XYZ!』の掲示板をチェックしている。『ミクリ』が来店予告を書き込んでいないか気になるからだ。

あの四連コンドーム事件が起こった五月のGWを最後に、掲示板に『ミクリ』は現れていない。ちょうど仕事が忙しくなってきたのとリンクしているが、基本、学習塾はいつでも繁忙期《はんぼうき》だ。スポット的に空《あ》く日はあるけれど、受け持つ生徒がばらばらなので講師によっても余裕がある日はまちまちになる。

風呂上がりにベッドに寝転がって、スマホにブックマークしているサイトを開いた。

サイトのトップに、イベント開催を知らせるバナーが出ている。今日はひとつのテーマに絞《しぼ》ったイベントを開催中らしい。

「……『犯されたい子猫ちゃんパーティー』……」

主旨《しゅし》は「犯されたいネコと犯したいタチでプレイしましょう」ということのようだ。

ふぅん、という感想しか湧かない。知希にネコ願望はなく、嗜虐的《しぎゃくてき》にいたぶりたいとはもっと思わない。

世の中にはいろんな性癖《せいへき》の人がいるものだ。加虐・被虐に性的興奮を覚える人がいるのはむかしから知られているが、排尿《はいにょう》プレイやあかちゃんプレイを望む人、パートナーを交換するスワッピングを希望するカップル、ラブドールが性対象の人もいる。

いつものように『来店予告』の掲示板をタップし、一スクロールで出てきた名前に知希はぎょっとして飛び起きた。

「『ミクリ』！」

何度もこの掲示板を見て知ったが、名前が赤字だとネコ、青字ならタチなど文字色で分かるようになっている。『ミクリ』は赤字、ポストタイムは二十分ほど前だ。

『今夜、ぼくの暴君になってください』

知希はその無駄におしゃれすぎる文面を三回読み返し、思わず「は？」と声を上げた。

誰かひとりに宛《あ》てた書き込みではないので、それに『暴君希望！』の返信が多数来ている。

ついに『ミクリ』が動いた。彼の初ハプニングに群《むら》がる蟻《あり》たちだ。

腹の底からぐっと熱いものがこみ上げるのとは逆に、血の気が引く。

――犯されたい、の？

ニーズに合わなかったから今日までハプニングが起こらなかっただけ。当たり前だが『ミクリ』はただ気晴らしがしたくてあのバーへカクテルを飲みに行っていたわけではないのだ。

「スープとグミ食ってそのパワーをこっちに使うわけ……？」

知希はベッドを離れてゆらりと立ち上がった。

じっとしていられない。『ミクリ』が皆河理久という決定打はないものの、会員証を持っていたのだからこのハプニングバーへ行ったことがあるのはまちがいないのだ。

店舗《てんぽ》の住所は非公開となっているが、ネット情報を駆使してすでに探り当てている。

知希は首に下がっていたタオルをベッドサイドのテーブルに投げ捨て、クローゼットを開けた。胸の鼓動が異様に速い。彼に対する心配と焦《あせ》りで昂《たかぶ》りすぎて、軽く吐き気がする。

こんなふうに誰かを想うあまりに、夜更《よふ》けに家を飛び出す仕度《したく》をするなんてはじめてのことだ。

別人かもしれない。別人であればいい。別人であってほしい。

――助けに行くわけじゃない。……じゃあ、なんだ？

分からない。『ミクリ』は誰にも助けなんか求めていないはずだ。

だって彼は、名前も知らない暴君に犯されたいのだから。

×３×

合法的に犯されたい。

ずっとそう思っていたけれど、理久《りく》はそれを一度も声にしたことはなかった。そんなことを望む自分が恥ずかしく、口に出して相手に引かれるのも怖い。どうせ誰にも受け入れてなどもらえないと思って生きてきた。

だって普通の人は「犯されたい」なんて望まない。被虐《ひぎゃく》や嗜虐《しぎゃく》を含めた特殊性癖《せいへき》の変態など彼らからすると「気持ち悪い」「理解不能」でしかないという事実は、理久にカミングアウトの経験がなくても、ネットや普段の生活でも目や耳にする一般的な感覚だ。

普通ではないのだから、自分が誰かに好かれるどころか、受け入れてもらえるはずがない。密《ひそ》かに求めることさえも罪深く感じ、人に言えない性癖がばれないように他人と距離を取るのが当たり前になった。こんなおかしな自分に恋をしてくれる人などいるわけがないのだから、恋をしたいとも、そういう気持ちを抱《いだ》きながらその相手とセックスしたいとも望まない。

――リアルの世界で、恋なんて無理だし。

理久は今、塾講師の仕事を終えたその足で来た新宿二丁目《しんじゅく》のハプニングバー『ｈａｐｐｅｎｉｎｇ　ＸＹＺ《エクシーズ》！』のロッカー前にいる。今夜は『犯されたい人』『犯したい人』『それを傍《ぼう》観《かん》し愉《たの》しむ人』しかいない空間にいるのだから、その言葉を出さずして長年燻《くすぶ》らせていた願望がついに実現するかもしれないのだ。

――……今日もやっぱり無理だ、って思うかもしれないけど。

犯されたい願望を拗《こじ》らせ、自己開発だけは完璧《かんぺき》で、そのくせ人と肌を触れ合わせたことがない。ここに『ミクリ』という名で足を運ぶようになって三ヵ月近く。誰に誘われてもぐずぐずと尻込みして応《こた》えられなかった。

――どうしても好みっていうのがあるし。はじめてだから、がっかりしたくないし。

清潔感があって、冷たい目つきのかっこいい人がいい、などと考え、理久の頭に浮かんだのは同僚の塾講師だ。

そもそも犯されたいのに相手を選《え》り好《この》みしている時点で、何言ってんの、という話だが。

――あの人、見た目とちがってやさしいんだよな。ポケットにコンドームが入ってたこと、最初はからかわれてるのかと思ったけど。ビラ配りのあとも、気遣《きづか》ってくれてさ。

理久は今日の出来事を思い出して、ふふっとこっそり笑った。

やさしくされるとうれしい。でもだからよけいに、本当に欲しいものを思い出してしまった。

仕事は毎日絶え間なく、様々なストレスもたまっていた理久の目にイベント開催バナーが飛び込んできて、その勢いで来店予告の掲示板に書き込んだ。

――誰かに押し入られて、ぐちゃぐちゃにされたい。

ここでいつもは脱がないジャケットに手をかけた。今日こそは、という決意があるからだ。ロッカーに学習塾で着ていたジャケットを吊《つ》るし、スマホなどフロアに持ち込めないものや貴重品を預けて鍵《かぎ》をかける。

受付の男性スタッフに「子猫ちゃんたち」と呼ばれた。理久と同じタイミングで入店した若い男の子と一緒に、スタッフがイベントの内容を説明してくれるようだ。

限定イベント『犯されたい子猫ちゃんパーティー』はすでに始まっている。フロアのほうを見遣《みや》ると、みんな特別なコスチュームではなく普通の格好だ。理久のようにスーツの人、Tシャツにデニムの人もいる。

「フロアには子猫ちゃん以外に、傍観者もたくさんいるよ。暴君には『正体不明』を演出するために顔の上半分が隠れるタイプの、デザインが異なる黒レースのベネチアンアイマスクをつけてもらってます」

理久が来店予告の掲示板に『今夜、ぼくの暴君になってください』と書き込んだため、攻める側のタチをみんなも『暴君』と呼ぶことになったらしい。

「暴君たちには『SMじゃないからね』って念を押してるけど、いやなことをされたり、断ってもしつこく誘われるとかで、相手を剝《は》がしたいときはスタッフコールしてください」

客のすることを野放しのハプニングバーも存在するらしいが、この店は管理が行き届いていて安全だ。いろいろとルールがあり、バーカウンターから見える範囲での性行為はNG。セックスする場合は個室や大部屋、所定の場所で、と決められている。

「暴君には『無理やりな誘い方してあげて』ってお願いしてます。このフロアの暗がり、下の大部屋に向かう階段、その階段脇のソファー、トイレ前あたりも、子猫ちゃん連れ込みOKポイント。でもフェラやセックスは所定の場所以外ではしちゃだめです」

フロアマップをさして説明をしていたスタッフから、「ミクリさんは白のシュシュだね。手首につけて」と小さな鈴がついたシュシュを渡された。

「えっちOKだったら足首にそのシュシュつけてね。NGのときは『NO』ってはっきり断るか、指でバツマーク。それと相手の行為をとめたいときは、共通のセーフワード『Z』。口を塞《ふさ》がれたりして喋《しゃべ》れない場合は相手の腕をグーパン！　チン蹴りはだめだよ」

理久は手元の白いシフォン生地のシュシュを見下ろした。これは『犯されたい子猫ちゃん』のしるしであり、足首につけることで合意の上での行為か否《いな》かをスタッフや第三者に示すアイテムだ。白いシュシュは複数プレイNGを意味し、万が一、強引に個室に連れ込まれたとしても、部屋にはスタッフだけが覗くことができる小窓がついていて確認してくれる。

まだ一度も足首につけたことがないシュシュを、理久はひとまず手首に巻いた。

隣にいる男の子が「なんか今から犯されるってかんじしないね」と笑うので、理久も愛想笑いで返す。

それはそうだ。本当に強姦《ごうかん》されるわけじゃない。あくまでもプレイとして『犯される』のだ。

フロアには重低音がうなるクラブミュージックが流れ、ブルーやパープルの間接照明がほとんどで全体的に暗い。大きなU字型のソファー席、ボックス席、立ち飲みスペースも人でいっぱいだ。ざっと見たところ三十人以上はいる。

終電まであと三時間ほど。これからさらに客が増え、賑《にぎ》わいがピークを迎える時間帯になる。

スタッフに勧められた濃いめのカクテルを受け取って、理久はそれをほぼいっきに飲みほした。胸が熱くなり、頰は紅潮し、自分の息が途端にアルコールを含む。

「ミクリさんの暴君、いるといいね。さっき入った黒レースのアイマスクにフェイスベールの人なんか、ミクリさんのタイプじゃないかな。冷たそうなかんじの、細マッチョイケメン」

ハプニングバーのスタッフは困ったときに助けてくれるだけじゃなく、ニーズが合致《がっち》しそうな客同士を引き合わせてくれたりもする。

スタッフに「行ってらっしゃい」と背中を押され、理久はどきどきと胸を高鳴らせてフロアに足を踏み入れた。

スタッフにおすすめされた『黒レースのアイマスクにフェイスベールの暴君』は目の届く範囲には見当たらない。

それどころか今、ソファー席のカドに追い込まれた理久の目の前にいるのは、鼻息も荒く興奮した男三人だ。

フロアに入っていくらもしないうちに集《たか》られ、逃げ腰でソファー席まで来たものの、そもそも『犯されたい』のだから追われて逃げることがプレイになってしまう。

「ミクリちゃんの暴君になってあげるから、下の部屋行こうよ」

「複数とか無理。ＮＯ」

理久が両腕でバツマークを示しても、真ん中の男が「え～、じゃあ順番決めよう」と勝手なルールを押しつけようとしてくる。

——左は汗だく小太りだし、真ん中は目がぎらぎらして怖いし、右はビール腹のオジサン！

理久はソファーから転げるようにしておりてその場を離れたが、三人はそれでもしつこくついてくる。

『犯されたい子猫ちゃん』を示すシュシュを手首につけた人、黒レースのアイマスクの暴君、それを傍観するつもりの人たちがビールやカクテルを飲んだりしている騒がしいフロアを、理久は縫《ぬ》うように進んだ。

「ミクリちゃ～ん、遊ぼうよ～」

内心で「きもい！」と叫びながら早足でフロアを抜ける。

イケメン紳士に犯されたいなんて、所詮《しょせん》自分に都合のいい願望なのだ。実際は気持ち悪い目つきの気持ち悪い男にしつこく追いかけられるだけ。

——もう一回断ってだめならスタッフコールしよう。

するといきなり腕を掴まれ、強い力で壁に身体を押しつけられた。

「——っ！」

理久の足の間に太ももを割り込ませて壁に張りつけにしてきたのは、三人組の真ん中のやつだ。右のオヤジは「おいおい、あんまり手荒にするなよ」と言いながら、とめようとはしない。汗だく小太りは理久が逃げられないように退路を塞《ふさ》ぐ位置にいる。

「いやだって言ってんだろ」

もう一度理久がはっきりと低い声で告げると、男たちは「いいね～気ぃ強いのかわいい」「雰囲気出てきたじゃん」と口元をニヤつかせた。『犯されたいプレイ』になだれ込もうとしているのだ。

右のオヤジに肩と腕を掴んで押さえつけられ、真ん中の男が下半身を圧《お》してくる。

「ちょっ……やめっ……！」

日頃「誰か僕を犯してくれないかな」と望んでいるとはいえ、誰でもいいわけじゃないのだ。こんな好みとは真逆の気持ち悪い男たちに乱暴なことをされると、恐怖心で身の毛がよだち、立場を忘れて腹が立つ。

限界だ。理久がスタッフをコールしようとしたとき、小太りの男を押しのけ、真ん中の男を引き剝がし、新たに現れた暴君が、三人組を不遜《ふそん》に見下ろして「ルール違反」と短く告げた。

——……この人……！

彼が『黒レースのアイマスクにフェイスベールの暴君』だ。アイマスクに加え、口から下の顔半分を覆い隠す黒いフェイスベールをつけている。

「複数NGでスタッフ呼んだからな」

ルール違反でスタッフを呼ばれたら最悪は出禁だ。

助かった、と思ったのもつかの間、今度はその現れた暴君に腕を摑まれ、理久はほとんど引き摺《ず》られる勢いで壁際の二人掛けソファーまで連れて行かれた。言葉を発する間もなく肩を強めに押され、ソファーに倒れ込む。

肉厚のソファーだから痛くはなかったが驚いて顔を上げると、暴君が片膝で座面にのりあげ、理久の顔を囲むように背もたれに両手をついて追い詰めてきた。

「……っ……」

暴君は自身の乱れた前髪を、節榑立《ふしくれだ》った手でうしろになでつけた。ひたいを出したヘアスタイルだが、黒いレースのアイマスクはかなりデコラティブで、眉《まゆ》や目のかたちまでカモフラージュされている。さらにベールで口元が隠されているためどんな表情をしているのか伝わらない。それでも鼻梁《びりょう》が整っていることは想像できるし、虫けらを蔑《さげす》むような、男の冷たい目つきだけは分かる。

そのまなざしはまさに理久が求める理想のもの、いつも密かに想像していたものだ。

――あの手で……さわられたい。あの目に見下ろされながら押さえつけられたい。

オーバーサイズの服でも、肩や腰周りのラインで暴君の体型が想像できた。顔ははっきりと分からないけれど、見える範囲から妄想《もうそう》を膨《ふく》らませる。ぱっと見の容姿はまさに好みのど真ん中で、理想の暴君像を具現化したような人だ。さっきの三人組は揃《そろ》いも揃ってアレだったため、よけいに彼が際立って見える。

男に俯瞰《ふかん》されているのも相まって、理久は背筋を震わせた。

大きな手で顎《あご》から頬を摑まれ、顔を上向かされる。

暴君は上から睨《ね》めつけ、今度は理久の顔にぐっと顔を近付けてきた。

心臓がうるさいくらいに激しく鼓動する。理久は呼吸を忘れ、目を逸《そ》らせずにいた。

「ここで犯してやろうか」

ぞっとするような低い声だ。

捕食する者と捕食される者を分からせる扱《あつか》い方《かた》にも、声色にも、ぞくぞくするほど高揚《こうよう》する。

「……っ……」

ネクタイのノットに指をひっかけられ、首が持ち上がるほど引っ張られる。

理久は辺りに目を遣《や》った。ここはフロアの端にあり、セックスＯＫの『所定の場所』だ。間仕切りのカーテンで仕切られるだけだが、下の階の個室も天井がすぽんと空《あ》いており、フロアよりＢＧＭの音量が絞《しぼ》ってあるため声など筒抜けになる。それにこの場所から下の階まで移動する間にいらないことを考え、冷静さを取り戻してしまうことのほうがいやだ。

そもそも個室が空いていない場合、部屋の前で待つか、大勢から覗かれたり、見られてしまうような大部屋で、ということになる。

それならまだここがいい。

理久は目線を戻し、暴君をちらっと見上げた。

ネクタイと顔を掴む暴君の手が、わずかにゆるむのを感じる。乱暴な扱いをしつつ、ちゃんと理久の返事を待ってくれている。

——この人きっと、「やめて」って言えばやめてくれる。

じつはいちばん怖かったのが、セックスの最中に本当にいやなことをされたとき、セーフワードを叫ぼうが、どんなに抵抗しようが、「犯されたくて来たんだろうが」とこちらの意思を無視されることだった。でも彼は、理久が望むような甘美で乱暴なセックスだけをしてくれる気がする。

理久は少し自由になった顔を動かし、彼から目を逸らしてこくりとうなずいた。

うなずいた途端、ネクタイを引き抜かれた。驚く間もなくソファーの座面に押し倒され、暴君が馬乗りになってそのネクタイで理久の両腕を縛《しば》り上《あ》げる。

無言の暴君にベルトを外され、スラックスを下ろされて、下衣は下着だけにさせられた。外気温に晒《さら》された内腿《うちもも》がざっと鳥肌を立てる。寒いわけじゃなくて、肌が過敏になっているのだ。

右の足首を暴君が片手で掴んで持ち上げる。これが合意の行為だということを示すために、手首にあったシュシュを足首につけかえられた。

犯されたい理久を、暴君が睨《にら》むように見下ろす。

暴君はあの三人組とはちがって余計な言葉を発さない。だから逆に凄味《すごみ》が増す。変態だとばかにしておもしろがったり、卑猥《ひわい》で下品な笑い方もしない。組み敷く側であることが当たり前の世界で生きてきた、まさに暴虐な君主のように映《うつ》った。

理久もこれから自分を犯す暴君と、何か話したいわけじゃない。

でもその代わりに、理久は暴君の姿を細かく熟視した。

暴君がつけているフェイスベールには生地の端にアラビアン風の装飾が施《ほどこ》されていて、動くと金糸が時折きらりと光る。上衣は濃いグレーのゆるいカットソーで、下衣はオーバーサイズのナイロンパンツ。ヘンリーネックのボタンが開いていて、そこから素肌が覗いている。アクセサリーはないが、艶《なま》めかしい肌質ながら張りがあって若そうな印象だ。

頭が沸騰《ふっとう》する。夢と妄想でしかなかったセックスをこの人とするんだ、と期待で胸が膨らみ、心臓があり得ない速さで鼓動する。まだ何もされていないのに、胸が大きく上下した。

シャツの上ボタンを外されるのも、興奮している理久の目にはすべてがスローモーション映像のように映る。

「余裕かよ」

じっと観察していることに気付かれていたことと、その声に苛立《いらだ》ちが滲《にじ》んで聞こえ、理久はちがうと首を振った。余裕なんかあるわけがない。でも、自分がどんな場所で、どんな空気の中で、何をされるのか、彼が何をしてくれるのか、すべてから目が離せない。

暴君はロングスリーブを腕まくりし、今度は理久の身体を裏返して、背後からのしかかってくる。髪をぐしゃりと摑まれてうしろを向かされたが、横に首を捻《ひね》っただけの理久の視界に暴君の姿は入らない。

冷たい目で見下ろされたいのに。でも愛しあうのではなく、一方的にただの穴扱いされてしまうかんじは高まった。

「ケツは？　準備してんの？」

乱暴な扱いと同時に、冷酷《れいこく》な声で気遣われる。

いきなり突っ込まれてもいいように、店のシャワールームで準備してからフロアに入った。下着は黒のTバックをこの店内で購入して穿《は》き替《か》えている。

理久は顔をしかめてこくんとうなずいた。恥ずかしくてたまらない。犯されたくて準備してきたと言わされているようなものだ。

このソファーの下には、潤滑剤《じゅんかつざい》、バイブなど、未開封のものが置かれているが。

――勃起《ぼっき》したペニスで犯してほしい。

恥ずかしいのも本心だけど、逃げたいという気持ちは微塵《みじん》もなかった。

Ｔバックの縦の布を引っ張るようにして捲《めく》られ、うしろの秘部をあらわにされる。はじめて人前に晒《さら》したところが、外気にふれた刺激と羞恥《しゅうち》できゅっと窄《すぼ》まった。

うつぶせだった身体を逞《たくま》しい腕で乱暴に抱き起こされて、理久は座面に膝をつき、肘掛《ひじか》けに手をつく姿勢を取らされた。その体勢が気に入らないのか、腰を摑まれて尻の方が高くなるよう、暴君の意のままに扱われる。

後孔《こうこう》が丸見えになるようなドギースタイルで唾液《だえき》をおざなりに塗《ぬ》りつけられ、すぐさまそこに硬い尖端を押しつけられた。待ち焦《こ》がれたものと、その先の期待で頭がわっと熱くなる。理久はまぶたをきつく瞑《つぶ》った。

ところが無慈悲《むじひ》に押し込まれることを想像していたところに指の束《たば》が入ってきて、理久は目を見開いた。愛撫なんていらないのに、中の具合を指の腹で探られている。

「やられる気満々だな」

嘲笑《ちょうしょう》を含む声をうなじに感じる間に、あっさり指を引き抜かれた。

最初から丁寧な愛撫なんてする気がなかったのだと理解した直後、首筋を嚙むように嬲《なぶ》られながら、いきり立った硬茎を突っ込まれた。

「――っ……！」

衝撃で腰が大きくびくんと跳ね上がるのを両手で捕縛《ほばく》され、さらに深くねじ込まれる。

「あぁっ……！　やっ……」

いきなり脳天を怒突くような強さで、最奥《さいおう》まで押し入られた。両手首を縛られている理久が縋《すが》れるのはソファーの肘掛けだけだ。互いの下肢《かし》がぴったりと重なるほどいきなり深くされて驚いているところに、なおもがつがつと腰をぶつけられる。

「いあっ……やっ……ううっ……」

内臓を突き上げられるだけで苦しい。アルコールが脳へまわって目眩《めまい》がする。

「……まだ、ここまでかよ」

性経験が浅いため奥まで拓《ひら》ききっていない。それどころか、うしろも玩具を使った自慰《じい》の経験しかないのだ。自分でやるからどうしても手加減するし、前立腺を刺激しながらマスターベーションで絶頂したら終わりだから、ドライでイッたことはない。

奥をこじ開けるのはあきらめたのか、今度は大きなストロークでの抽挿《ちゅうそう》が始まった。窄まりの縁《ふち》のところから深いところまで満遍《まんべん》なく抜き挿《さ》しされ、だんだん速度が上がってくる。

「……っ……はっ、あっ……あっ……」

クラブミュージックの早いリズムとシンクロするスピードで揺さぶられた。

足首につけたシュシュの鈴がちりちりと鳴っている。ソファーの合皮が音を立て、スプリングが軋《きし》む。いちばん感じやすい胡桃《くるみ》の部位を狙《ねら》って、硬い陰茎でこすり上げてくるのが巧《たく》みだ。

腹の底からじわじわとあふれてくる熱いものを逃したくない。音の洪水の中で、快感を追うことに頭がいっぱいだ。

――あぁ……この人の、気持ちいい……。

ぼやけた視界の先にある観葉植物のグリーンとリトグラフの赤い文字が、激しく前後に揺さぶられて混ざる。理久は息を弾《はず》ませて目を瞑り、中から来そうな濃い快感を摑もうと探った。

「……は……はぁっ、あぁっ……」

お気に入りの玩具を使う自慰と、ぜんぜんちがう。硬く反ったペニスで、快感にぞくぞくと震える粘膜を遮二無二《しゃにむに》こすり上げられている。内壁が柔らかくとろけていくのが分かる。

うしろから頸椎《けいつい》の辺りを暴君に押さえつけられ、肘掛けを摑んだまま猫みたいに胸だけが座面につく体勢になった。

上からがつがつと穿孔《せんこう》するように掘られるのが苦しくて涙が出てしまう。でもこすられる角度が変わり、そうされることで新しく湧いた快感を理久は気に入ってしまった。苦しいのに、乱暴にされて、気持ちよくてたまらない。

「ふぅっ……っ……、うぅ……」

「つっこまれたアナ痙攣《けいれん》させて……泣くほどいいのかよ」

いじわるな問いかけに、理久は恥ずかしさで耳を熱くした。たしかに粗暴に扱われながらも、自分の身体は飴《あめ》のようにとろけて彼のペニスに纏《まと》わりつき、しゃぶるように食《は》んでいる。

「……ううっ……っ……んんっ……」

内腿が震える。頭の中が「気持ちいい」でいっぱいだ。だけど両手を縛られているから、自慰ができない。ペニスは痛いくらい勃起している。たまらない。

するとと突然、理久を貫いていた支柱を抜き取られた。その瞬間の刺激で今までに感じたことのないほど強烈な快感を覚え、理久は嬌声《きょうせい》を上げる。

「あぁっ……あぁ……う……」

声を出さずにいられない。潤《うる》みきった眸《ひとみ》から涙もこぼれる。

理久は全身に広がる甘い痺《しび》れに震えながら肘をついて胸を起こし、腕の間から自分のペニスを覗き見た。鈴口《すずぐち》からだらしなく透明の蜜を滴《したた》らせ、ソファーの座面を濡らしている。

暴君が理久の背後から覆い被《かぶ》さるように体重をかけてきたので、彼の重みで理久はソファーにぐしゃりと崩れた。すっかりゆるんだ後孔に、すぐさま再び屹立《きつりつ》を突き挿《い》れられる。

「……っ……はっ……」

飢渇感《きかつかん》に喘《あえ》いでいたところに、尖端まで硬いペニスを深く穿《うが》たれた。

脳天を突き抜ける刺激に、理久は身を竦《すく》めてぶるっと震える。殊更《ことさら》弱い首筋を舐《な》められ、嬲《なぶ》られ、耳朶《じだ》をしゃぶられながら尻にがんがんぶつけるように腰を遣われて、あまりの気持ちよさに理久は半泣きの声をあげた。

「そのよがり声、フロアに届くぞ。いいのかよ」

犯されてんだろうが、と耳に吹き込まれる。それにたまらなくぞくぞくして、無意識にうしろがきつく収斂《しゅうれん》した。暴君が「……くそっ」と呻《うめ》く。八つ当たりのように動きがいっそう激しくなり、理久は小さく悲鳴を上げ、呼吸を乱して喘《あえ》いだ。

でもまだ足りない。もっといじわるにしてほしい。

再び屹立を抜き取られ、今度は身体を反転させられた。急に向き合って驚いた理久の身体を割り、暴君が前から迫《せま》ってくる。

あの冷たい目つきで見下ろされて、理久はどきどきと胸を高鳴らせた。

両方の足首をもち上げられ、右のシュシュが視界に入る。

暴君は理久に濡れた後孔を見せつけるようにし、赤く興奮したペニスの尖端を窄まりに宛てがった。尖端の鈴口、嵩高《かさだか》いくびれのところまでを、後孔にぬるぬると滑《すべ》らせている。

口元は見えないけれど、暴君が嘲笑《あざわら》ったのが分かった。きっと、暴君の好き勝手にされているのに、理久の身体が浅ましく悦《よろこ》んでしまっているからだ。

――だって、してほしいこと、ぜんぶしてくれる。

前から来てほしいと思っていた。暴君に身動きできないように上から押さえつけられて、蔑《さげす》みの目で見られながら荒々しく扱われたい。

何度目でも、挿入される瞬間にきゅうんと後孔が切なく喘ぐ。ようやく潜《もぐ》り込《こ》んできたペニスに身体が歓喜して、呑み込もうとするところをいじわるに抜き挿しされた。

「あ……やぁっ……」

「何がいやなんだよ。あぁ……抜かずに奥まで突っ込んでくれって?」

「……やっ……」

胸のところで腕を折りたたみ、ネクタイで縛られたままのこぶしをぎゅっと握って、暴君の焦《じ》らしにたえきれず腰を揺らしてしまう。すると理久に煽《あお》られたのか、暴君が呻いて、ようやく深くまで腰を沈《しず》めてきた。

両肩を押さえつけられ、暴君に見下ろされながらスピードをつけてピストンされて、とろとろにとろけていく。つま先まで快感が走って、理久はさっきよりも甘いよがり声を上げた。激しく抽挿《ちゅうそう》されるそのリズムで、彼の肩にのった足首のシュシュが視界の先で揺れ、飾りの鈴が軽やかな音を鳴らす。

「イきたいだろ」

一度もふれられていない理久のペニスに、ようやく暴君が指先でふれてくれた。でも鈴口と雁首《かりくび》をいたぶるように弄《いじ》るだけで、陰茎をこすってくれない。

「犯されてるのに、こんなによがりまくって」

腰を振りたくられ、酸素をうまく取り込めずに理久はひくひくと喉を震わせた。

過ぎる快感に意識が飛びそうになると、暴君は動きをゆるめてくれる。絶頂感は何度も寸前で先延ばしにされて、理久は快楽にどっぷりと泥酔《でいすい》させられていた。

「いちばん奥に嵌《は》めてやろうか」

暴君はそう言って、どうやらまた笑ったらしい。

こんなに気持ちいいのだからきっともっと、という期待が、理久の胸に広がった。

両手でぐっと足を割り広げられ、腰を一段と深く押し込まれる。

「……い……やだ……、こわい……こわれる」

未知の行為が怖いのは本当で、理久は顔をこわばらせ、自分の胸に置いたこぶしに無意識に力が入った。

暴君にじっと見下ろされている。

くちびるが震えるのを閉じてごまかそうとすると、暴君がネクタイでくくられた手を掴み、理久の腕の輪の中に下から頭を突っ込んできたから驚いた。犯されている側の理久が縋りつくような格好をさせられ、暴君の顔が間近に迫《せま》る。

彼は目を合わせることなく「掴まってろ」と短く命令してきた。

暴君の言葉を場違いに甘く感じてしまうなんて、自分はどこかおかしいのだろうか。

怖いのに、快楽への渇求《かっきゅう》があっという間にそれを凌駕《りょうが》した。

「——んんっ……」

奥をなでるように腰を回されて、理久はそこから湧く熱い快感に首を竦ませる。怖いという感覚は一瞬で吹き飛び、快楽を得ることに完全に頭が振り切れた。

自分では絶対に届かないところを、硬い尖端で容赦《ようしゃ》なくこじ開けられ、ねじ込まれていく。

「……っ……っ……」

理久は喉を反《そ》らして、浅い呼吸で喘いだ。

雁首の笠が引っかかるようにして最奥の襞《ひだ》に嵌まり、そこを舐めるように掻《か》き回《まわ》される。脳がとけてしまいそうなほどの悦楽に耽溺《たんでき》し、とたんに顔がとろりととろけるのが自分でも分かった。

声も出ないくらい、濃厚な快感で頭が真っ白になる。

もう短く呼吸を弾ませることしかできない。気持ちよすぎて死んでしまうのではないかと恐怖心さえ覚えたのに、いくらもしないうちに行為に順応した身体が多幸感に呑み込まれていく。ぐちゅぐちゅと泡立つ音を立てて奥を蹂躙《じゅうりん》されると、泣きたくなるような感覚になって、理久は訳も分からずしゃくり上げた。

その口を暴君の大きな手で塞がれる。犯されている感がいっそう強くなり、興奮して、後孔をきつく絞ってしまった。

思わぬ反撃を喰らった暴君が理久の上で呻くと、仕返しのように強く腰を入れてくる。

理久の口を塞いでいた手を外され、もうすぐ彼にも最後が来ると分かる激しい律動が始まった。全身が気持ちいいものだけで充《み》たされていく。理久の中で濃厚な快感が分厚く膨らみ、間もなく最高潮に達するのだと感じた。

腰が勝手にがくがくと震える。今までに感じたことのない鮮烈な快感に喘ぎながら、理久は一度もふれていない前を弾けさせ、同時に奥で絶頂した。

「──っ……っ……」

いつも以上に、吐精《とせい》が長く、たまらなく気持ちいい。さざ波のような快感がいつまでも肌を舐め、全身を震わせる。

快楽に泥酔し朦朧《もうろう》としていたところに、それまで律動を続けていた暴君が理久に体重をかけて覆い被さってきた。

彼の顔は理久の肩口にある。抱きしめられているわけではない。理久の奥で彼が射精する瞬間、耳元で「んっ……ふ……」とたまらなげな声を上げている。なぜだかそれに理久はきゅんときてしまった。

深いところに、どくどくと白濁《はくだく》を吐き出されている。汚されている感覚と、後孔の縁《ふち》で感じるその血潮《ちしお》さえ快感になり、理久は目を瞑って奥歯を噛んだ。

重なった胸がどちらも大きく上下している。そこから彼の心音が伝わってくる。他人の鼓動をこんなふうに体感するのもはじめてだった。

自分を犯した暴君の体温や心音に、場違いにときめいてしまう自分がいる。こういうのも吊り橋効果やストックホルム症候群みたいなものだといわれるのだろうか。それとも、疑似的《ぎじてき》行為なのだから、まったく別の現象だろうか。

理久は暴君にしがみついた格好のまま、茫然《ぼうぜん》と天井を見上げていた。

思春期から拗《こじ》らせてきた願望があまりにも理想的に叶《かな》ってしまい、夢の中にいる心地だ。

クラブミュージックと連動するLEDのカラフルな光、ダウンライト、そんな理久の視界にあるものが、涙のせいできらきらして映る。

後悔はない。こんなもんかという残念なかんじもない。それどころか理久にとって完璧な暴君に出会ってしまって、「これで終わり?」という一抹《いちまつ》の寂しさのようなものを感じる。

しかし絶頂のあと暴君は暴君らしく、あっさりと身を離した。それから理久の腹に飛び散った精液を、今度は暴君らしくなく拭《ぬぐ》ってくれる。そのとき彼がコンドームを外すのが見えた。

——……つけてたんだ。

暗がりで見えにくい上、犯されるというシチュエーションで、つけずに突っ込まれていると勝手に思い込んでいた。

暴君は無言で理久の手首を縛《いまし》めているネクタイをほどき、それをソファーの背もたれに引っかける。自由になっても全身が気だるく脱力感で動けずにいる理久にソファーを譲《ゆず》って、彼は身なりを整えると肘掛けに腰をかけた。

暴君の感情は伝わってこないけれど、細部に紳士的な本質が見え隠れする。それは最初に感じた印象のままだ。

——なんか……身体の芯がまだ燃えてるかんじ……。

ドライでイくと、すぐに昂《たかぶ》りが収まらないときく。

とろけた心地で、理久はぼんやりと暴君を見つめた。

組んだ脚が長い。アイマスクとフェイスベールをつけていても、鼻が高いのが分かる美しい横顔だ。

——見えない部分を想像で補完してしまうとはいえ……きっとすごいイケメンだこの人。ちゃんと顔が見たいけれど、正体を隠した暴君として行うその場限りのプレイなので、そういうわけにはいかない。

——ここの常連の人なら、また会えるのかな……。

でも、今日だけ、このハプニングバーに来た人かもしれない。

理久はなんとか上半身を起こした。片方だけ足を床に下ろしてみたが、そうする間も腰ががくがくと震える。

「腰、抜けちゃってる……」

吐息が熱く、まだ中に彼がいるみたいな感覚に下肢がわななき、理久はくちびるを引き結んでその小波をやり過ごした。

——すごかった……めちゃめちゃよかった……。

理久がそっと窺《うかが》うと、暴君に上から冷えた目を向けられる。快楽に腑《ふ》抜《ぬ》けた卑《いや》しい顔だとか思われているのかもしれない。

「ミクリ」

突然暴君から名前を呼ばれ、理久は途端に夢から醒《さ》めた心地になって瞠目《どうもく》した。

足首のシュシュがいつの間にか床に落ちていたようで、暴君にそれを手渡される。名前を呼ばれたということは、彼も常連客なのだろうか。もしかして今までここで会ったことがある人なんだろうか。

「…………」

問いかけようとして、理久は言葉を呑み込んだ。

気になるけれど『正体不明の暴君』とのプレイなのだから、踏み込んではいけない。

「だいぶ激しくヤッたから、これ以上遊ばずにもう帰れ」

彼に「遊ばずに」と言われなくても、しばらくは立てそうにない。

「うん……まだ動けない」

「……動けるようになるまでいてやる」

暴君はそう言ってソファーを離れると、間仕切りカーテンの端に立った。他の暴君に新たなハプニングを仕掛けられないよう、護衛よろしくそこにいてくれるつもりらしい。

上下オーバーサイズのものを着ていても、スタイルと姿勢がいいのが分かる立ち姿だ。

なぜ三人組の全員がだめで、この暴君とのハプニングはＯＫだったのか。

あの三人はこちらに欲望を押しつけようとするところが紳士的ではなかったし、なんといっても顔や身体の露出《ろしゅつ》した部分がすでに好みとちがいすぎた。

――でも……好みとか好みじゃないっていうか……。

目の前の彼を見ていたら、さして考えずとも答えを導き出せる。

——……この人……桧山《ひやま》さんに雰囲気が似てるから、だ。

声も話し方も同僚の彼とはぜんぜんちがうけれど、なんとなく、全体的な佇《たたず》まいが似ている気がする。不躾《ぶしつけ》にも知希とのセックスを想像したことがあるから、この人なら、と受け入れたのかもしれない。

ただ似ているだけではなく、理久にとって彼はこの上なく理想的な暴君だった。

言葉で責めるのも、乱暴なセックスも絶妙な塩梅《あんばい》で、今日がはじめてじゃなくてこういう行為に慣れていたら、もう一回してほしいとお願いしていたかもしれない。

——犯してほしいなんて望む面倒な性癖の男とのセックスは、二、三回で飽《あ》きるだろうけど。

きっとこの場限りの、こういう遊びだから、自分みたいな男でも相手をしてくれたのだ。

×　4　×

正解か不正解か。

採点し終えた生徒の答案用紙を知希《ともき》はじっと見つめ、静かにため息をついた。

学生の頃から、勉強は面倒ではあるけれどきらいではなかった。身につけた知識を○か×でジャッジされるその単純明快さに加え、努力の結果が数値化されることで、自分の立ち位置が教室の中で、日本で、どの辺りなのかはっきりと分かるのがおもしろい。

自分が誰より上だとか下だとかを人づきあいの物差しにはしないけれど、それらの結果が明確であることは知希を物理的に安心させた。あなたはたしかにここにいますよと、公平に証明されている気がするのだ。

でも恋愛は○や×の基準が分かりにくい。

友だちなら「個性」「そういうやつ」とふんわり受け入れてもらえることも、恋愛が絡むと急に「許せない」「気に入らない」と厳《きび》しくなる。そんな他人同士の価値観をうまくすり合わせていかないといけないところが面倒だ。

その煩わしくもやもやする感情に、知希はもうひと月あまり苛《さいな》まれている。

『ｈａｐｐｅｎｉｎｇ　ＸＹＺ《エクシーズ》！』での出来事は、時間が経《た》っても記憶に鮮明に残ったままだ。

騒がしいクラブミュージックと、妖《あや》しい色調のＬＥＤ、耳の傍《そば》で鳴る足首の鈴の音。

知希はあの日、暴君だった。

ミクリがいくらハプニング未経験とはいってもあのバーに何度も通っているくらいなので、自分が出る幕などないかもしれないとも思いつつ、家でじっとしていられなかったのだ。

実際に会ったミクリは物慣れなさが残る身体で、頭がかっとなるほどいやらしくて、とてつもなく扇情的《せんじょうてき》だった。ああいう遊びだったと、忘れてしまうことなんてできない。

知希は自分の正体が絶対にばれないように、いつも下ろしている前髪を整髪剤で固め、ベネチアンアイマスクで顔の上半分を隠し、下半分もフェイスベールで覆《おお》っていた。声も低く抑えていたし、普段はあんな乱暴な話し方をしない。興奮がピークに達しているときは正体を隠すことに気を配る余裕などなかったが、それは相手も同じだろう。だから『ミクリ』こと理久《りく》は、暴君が知希だとは気付いていていない。

自分のしでかしたことが正解だったのか不正解だったのか。難解すぎる問題を解けず、自分の答えすら導き出せない。

そもそも同僚の秘密を知って、『ミクリ』が理久だということに知希だけが気付いていることの状況は、はたしていかがなものなのか。

――でも、だからって言えるわけないいし。

ハプニングバーでも、いくつもの難解な問題に直面した。

三人組から逃げるミクリを助ける？　助けない？

犯されたいとやってきたミクリを、犯す暴君になる？　ならない？

本当に乱暴するわけじゃない、あくまでもプレイ、と分かっていても、はたして暴君になりきれるのか。でも、自分がその役目をまっとうできたら、他のやつらに奪われない。

結局、暴君になる、という一択《いったく》しかなかった。

もともと暴君願望なんかないのだから、細部でキャラブレしまくった。

押さえつけるのではなく、本当は腕の中に閉じ込めて抱きしめたい。好きだという甘くやさしい想いを穿《うが》ちたい。いたぶるよりかわいがりたいし、いじめるよりやさしくしたいし、泣かせてしまったらなんとかなだめたいと思う。でもミクリが望んでいるのは『犯してくれる暴君』だ。そういうフリを貫《つらぬ》くしかなかった。

――でも、フリだけ、だったかな。ちがうだろ。

知希は分からなくなる。彼が悦《よろこ》ぶようにしてやり、その行為によがるミクリに対して、ひどく興奮もしていた。これまで見てきたどんな彼より魅惑的な表情と声と身体で、知希を夢中にさせる。腰から背骨がとけてしまいそうな快感を得ながら、今この瞬間に、そんな彼のすべてを独占している優越感もあった。

それに、蹂躙《じゅうりん》されて乱れるミクリを見下ろし、あのときたしかに、少し乱暴な感情を持つ自分もいたのだ。

ミクリが望む姿になればいいんだろ、という気持ちもあって「犯してやろうか」と煽《あお》った。そこには知希の誘いにはのらないのに、暴君には組み敷かれようとする理久に対する怒りにも似た感情があった気がする。怒る立場でもないのに、だ。

だって理久のことが好きだったのだ。

学習塾で見る理久の笑顔が、裏の顔を取り繕《つくろ》うためのものだとしても、そんな彼もかわいいと思っていた。秘密を懸命に隠そうとしているところなど、人間らしくて、愛《いと》おしい。でも理久が塾講師として毎日がんばる姿だって偽《いつわ》りのないものだ。傍《はた》で見ていれば分かる。

——だから、好きになっていくのをとめられなかった。

暴君の仮面をかぶってでも、他の誰かに盗《と》られたくなかったのだ。

それだけじゃない。まだ誰にも荒らされていない部分がミクリの奥にあることを知って、そこをこじ開けたいと思った。ミクリ自身もそれを望んでいるように感じた。でもそう考えるのは、自分の欲望が歪《ゆが》めて見せた幻影かもしれない。○か×か、分からない。

「皆河《みながわ》先生！」

トリップしていた知希は、その名前にびくっと肩を跳ねさせた。

講師ルームに戻ってきたばかりの理久を、塾長が呼んだだけだ。呼ばれた理久は塾長に夏期講習の準備について問われ、笑顔で答えるなどしている。

知希はそっとため息をついた。

好きな人の名前が聞こえただけで、突如《とつじょ》発火したように身体が熱くなり、不整脈を起こしてどきどきしてしまう。恋の症状は重篤《じゅうとく》だ。

そんな知希とはちがい、理久はあの夜以降もとくに様子が変わることなく、いつもどおりに学習塾の講師として出勤し、塾講師らしく明るく清廉《せいれん》に振る舞い、毎日生徒たちの前に立っている。当然、知希との関わり方も以前と変わりない。

学習塾での関係がそれほど親密ではなかったおかげで、もともとあまり絡みがなかったのはさいわいだった。

——へたに世間話なんてすれば俺だけぎくしゃくしそうだし。

加えて仕事も忙しいので学習塾では余計なことを考える暇《ひま》はほぼなく、理久と仕事の話をする間は知希も頭を切り替えプロに徹《てっ》している。

彼の態度や様子に何か変化があっても困るが、自分にとってはこれほど衝撃的だったのに、彼にとっては取るに足らない時間だったから何も変化がないんだろうか、と考えるともやもやする。

このひと月ほど、ミクリが『ｈａｐｐｅｎｉｎｇ　ＸＹＺ！』の掲示板に来店予告を書き込むのではないかと気になりすぎて、知希は時間があればチェックしていた。それが必ずしもミクリが足を運んでいないという証拠にはならないけれど、見た限り一度も現れていない。

塾講師としての仕事が多忙を極める夏期講習前だ。知希も同様に忙しいので分かるが、夜遊びに興じるような余裕はないと思う。学習塾での仕事のあと、終電間際に新宿《しんじゅく》二丁目のハプニングバーまで行って相手を漁《あさ》るのも、なかなかに気力体力が必要だ。

しかしプライベートにおける他人の行動をとめる権利もなければ、理久とはそんな関係でもない。

——恋愛感情が絡んで「許せない」「気に入らない」ってなってんの、俺じゃん。

恋愛の面倒くさい部分に自ら飛び込んで、身動きがとれなくなっている。こんなふうに一度思い浮かべればとめどなく、頭が理久のことで埋め尽くされてしまう始末だ。

最初は、偶然意外な一面を知ってしまっただけの、ただの気になる同僚だった。でももう、そんなオフィシャルな枠《わく》からは逸脱《いつだつ》している。

——俺は本当はどうしたいんだ。どうすればいい？　超難問……答えが分からない。

知希は密《ひそ》かに嘆息し、もうしばらくかかりそうな目の前の答案用紙の束《たば》に意識を向けた。


あと二週間もすれば学生たちの夏休みが始まる。まさにそんな夏期講習の準備が佳境に入った週末、土曜日の夜。

知希は寝転んだベッドの上でスマホを手に「は……？」と声を上げ、眉《まゆ》を寄せた。

『ｈａｐｐｅｎｉｎｇ　ＸＹＺ！』の来店予告の掲示板に『ミクリ』の書き込みを見つけたの

だ。

知希はデジャブを見ている心地で、書き込みの日時を確認し、ぎょっとして飛び起きた。ポストタイムは十分ほど前だ。

『暴君さんがいるといいな』

知希はスマホを握りしめたまま、その文面を凝視《ぎょうし》する。

いつかミクリが掲示板に現れるかもしれないと想像していたとはいえ、それが現実になると勝手に裏切られたような気持ちになり、ショックを受けている。

ハプニングバーのその後の展開について、知希はこれまで他にもいろいろと想定した。

ミクリが犯されるプレイに嵌《は》まって、誰彼構わず誘うようにならないか。箍《たが》が外れて、ハプニングバーに行くたびに、ハプニングをやりちらかすようになるかもしれない。『happening XYZ！』以外の店に足を運ぶようになる可能性だってある。

ミクリがそれこそ本物の暴君と出会って、すでにそいつとよろしくやってるのかもしれない……いやそれならそれで、彼がしあわせならいいのでは、と一瞬考えたりもした。

でもミクリは『暴君さんがいるといいな』と書き込んでいる。

あの夜の暴君限定なのか、不特定多数の暴君なのか、どっちにも読み取れる言い回しだ。

「……暴君さん＝俺、とは限らない……」

頭の中の数式はノットイコールとなった。

それに、ミクリが求めているのはあくまでも『犯してくれる暴君』であって知希ではないというのがいちばんの難事といえる。そもそも知希がなりすました暴君はニセモノだし、アイマスクとフェイスベールをつけて『正体不明の暴君』をこの先永遠に続けられるわけもない。

でももう、この『暴君さんがいるといいな』を見なかったことにはできないのだ。

ミクリを、理久を、ハプニングバーなどに行かせたくない。

とりあえず阻止《そし》しなければ――知希はそれだけははっきりと答えを出せた。

行かせたくないからといって、なんの権利もないのに知希のほうから「行くな」とは言えない。だったら、理久自身に、そこへ行きたいと二度と思わせなければいいのだ。

正体不明の暴君としてではなく、桧山《ひやま》知希としてミクリに会えばいい。理久のことだから、ハプニングバーで同僚とバッティングすれば、おいそれと行けなくなる。

――そして俺が……ミクリの暴君になれればいい。

暴君として一度彼の前に立ってしまったのだから、今さら引き下がれない。彼が本物の暴君と出会ってしあわせなら……なんて、自分を正当化できず自信がないだけで本心じゃなかった。自分以外の男がどんなふうに彼にひどい行為を強《し》いるか分からないのに、他の誰かに理久を、暴君の立場を奪われるわけにいかないのだ。

本当は溺《おぼ》れるくらいたっぷり甘やかしたい。腕の中に閉じ込め、愛されてとろとろにとろける理久が見たい。でもそういう愛し方も、それを望む知希のことも理久は求めていないなら、自分が彼の絶対的な暴君になるしかない。

これは正解か、不正解か。

突き進んだあとに、あしたは後悔に変わることだってある。

しかし今は躊躇《ちゅうちょ》している場合じゃない。ミクリが他の誰かにさらわれてしまう。

覚悟が決まり、知希は忙しなくクローゼットを開けた。

ミクリに『桧山知希』として会いに行くために、知希はジャケットを羽織り、ネクタイを締めた。姿見に映《うつ》るのは、いつになく恋に必死になっている男の顔だ。

「……恋って、難解だ」

ため息が出るほど面倒で、成就する確率が低いのは火を見るよりも明らかなのに、もはや想いを消去することも破棄《はき》することもできないのだった。

× 5 ×

誰かに、ではなく、あの暴君に犯されたい。

毎晩ベッドで眠りにつく前、理久《りく》は忘れられない一夜を反芻《はんすう》する。夢に見るほどそれを繰り返すうちに妄想《もうそう》ではたりなくなり、渇望《かつぼう》はピークに達した。

正体不明の暴君は『ミクリ』を知っていた。だから『happening XYZ《エクシーズ》!』の掲示板に来店予告を書き込めば暴君が来てくれるかもしれない——そんな期待とは裏腹に、バースツールに座る理久に声をかけてきたのは『犯されたい子猫ちゃんパーティー』のときにしつこく追いかけ回してきた三人組のうちのひとりだ。今夜はこの男も素顔を晒《さら》している。アイマスクがないとますます目がぎらぎらして怖い。

「あのとき横取りしてきた暴君とミクリちゃんが、奥のソファーでプレイするの、見たよ」

男は「俺もすごく興奮した」といやらしい顔で笑いかけてくるが、理久はスツールに腰掛けたまま一瞥《いちべつ》するだけで言葉を返さなかった。なんと返せばいいのか分からなかったからだ。

「今日は俺とどうかな。ミクリちゃんがどんなふうにしてほしいのか、見たから知ってるし」

「悪いけど」

指ではっきりとバツマークを示し、理久はカクテルを手にスツールをおりた。去り際に男が「クソビッチが」と捨て台詞《ゼリフ》を吐いたが、さすがに追ってこない。これ以上つきまとってスタッフを呼ばれると、今度こそ出禁になるかもしれないからだろう。

罵倒の言葉を浴びせられ、すっかり気分が悪くなってしまった。

土曜の終電一時間前。フロアには身体に響くクラブミュージックと、妖《あや》しい色のＬＥＤライトが乱舞する。

このハプニングバーにはじめて足を踏み入れたのは三月下旬、学生たちが春休みに入る直前のこと。

こういう世界があると何かで知って、たまにサイト内のイベント情報や来店予告の掲示板を眺めるだけだったが、受験関連のもろもろが終わり、ちょうどぷつんと緊張が途切れたとき、煽《あお》り文句が目に入った。

『あなたの頭の中の妄想と、自分自身を解放しよう』

生徒たちを志望校に導くために働いたあとはさもしい妄想に身をやつして、ぽつんと一生を終えるのかもしれない。だとしても、この場所へ行けば自分と同じような、他人に言えない恥ずかしい性癖《せいへき》を持つ人たちがいる——ふらっと『はじめてご来店の方』のボタンをタップしていた。

自分の性癖が満たされるのではと期待して行くというより、割りきっているつもりでも本当はとてつもなくさみしかったのかもしれないし、ただの興味だったかもしれない。

そんな場所で、あまりにも理想的な暴君と出会ってしまった。

今夜のハプニングの相手を求め集《つど》う男たちの中に、理久の暴君はいない。

――……そんなうまくいかないよな。帰ろうかな。

厄介《やっかい》な欲望と、身の程知らずでわがままな理想だ。

立ち飲み用の丸テーブルに寄りかかってため息をついたとき、背後から何者かに覆《おお》い被《かぶ》さられ、カクテルグラスを握っていた手をシュシュごと摑まれた。

「ミクリ」

理久の名を呼ぶその声を聞いて、心臓を殴られたように胸が軋《きし》む。理久が振り向こうとすると、身動きを許さず腕一本で捕縛《ほばく》された。

「またあのソファーで犯してやろうか」

耳元で低く囁かれ、理久はぞくんと背筋を震わせた。

理久の右手を覆うように重ねられている節くれ立った男の手を見つめる。

夢にまで見た暴君が来てくれた。興奮と歓喜で、頭がオーバーヒートしそうだ。

どこか信じられない心地で理久が小さくうなずくと同時に暴君に腕を摑まれ、ほとんど引きずられる状態で人波を縫《ぬ》うようにフロアを縦断する。

あの夜と同じ、間仕切りカーテンの向こうにあるソファーに乱暴に押し倒され、暴君を見上げて理久は茫然《ぼうぜん》とした。

暴君ではなく、勤務している塾の同僚が目の前にいる。

「……桧山《ひやま》……さん……？」

状況把握《はあく》が追いつかず、理久はそれきり言葉をなくして、ただ知希《ともき》を見上げていた。

「なんでこの人がここにいるの、って顔だな」

薄く笑みを浮かべた暴君はスーツ姿で、今日はアイマスクもフェイスベールもつけていない。

あの日も、暴君の雰囲気が彼と似てる、とは思った。

「あのときの暴君……が、……桧山さん……？」

信じたくないが、それ以外に考えられない。

青ざめた理久が慌てて身を起こそうとすると、肩を押さえつけられ力でねじ伏せられた。

「騒がないほうがいいと思いますよ、皆河《みながわ》先生」

急に仕事中の口調でそう告げられて、冷や水を浴びせられた心地だ。

逃げたところでどうにもならないと悟り、理久は怖々と身体のこわばりをといた。

いったい何が起こっているのか。もしかしてこれから彼に脅《おど》されるのだろうか。ハプニングバーで遊んでいるから。男に犯されたいという異常な性癖だから。十代の無垢《むく》な生徒たちを指導する塾講師としてふさわしくないと。

理久を見下ろす知希が、ふっと口元をゆるめた。

「脅しに来たわけじゃないのに、そんな怯《おび》えた顔しないでくださいよ」

「……じゃあ……なんで……」

たしかに考えてみれば、彼もハプニングバーにいるのだ。犯されたい男と犯したい暴君なら、同じ穴の狢《むじな》といえる。

「さっきもしつこい男に絡まれてたろ。皆河さん選《よ》り好《ごの》み激しそうだけど、こういうプレイに乗じて、そのうちほんとにああいうやつからレイプされるよ」

「こっ……ここは店の管理が行き届いてて」

「店の外に出たあとのことも、少しは考えたほうがいいと思うけど」

呆《あき》れ顔《がお》の知希に、理久も返す言葉がない。

何を言われるのか分からないまま、知希に腕を引っ張られて理久は身を起こした。知希は理久の隣に並んで座り、背もたれに肘《ひじ》をついてこちらを窺《うかが》ってくる。

知希がどう出るのか、理久には皆目見当《かいもく》もつかない。

「皆河さんがポケットに入れてた会員証を俺が拾った日から、来店予告の掲示板をチェックしてたんだ。ただの推測だったけど、『ミクリ』って皆河さんじゃないかなって」

知希の歓迎会が行われた日だ。そんな前から、そしてプレイのあとは理久の異常な性癖を知りながら、彼は素知《そし》らぬ顔で、自分はまともな講師のフリをして仕事をしていたなんて。

とてつもない恥ずかしさで全身が震える。

「……最初から分かってて……僕と……」

「皆河さんが『男に犯されたい男』だとは、あの日まで知らなかったけど。俺とニーズが合致《がっち》したから」

「ニーズ……」

「そう。俺は『犯したい』、皆河さんは『犯されたい』。だから一方的に皆河さんを脅すつもりなんてない。周りには秘密にしていたいですよね、お互い」

敬語で話されるたびに、塾講師としての発言だと暗に示されているようだ。

暴君の、知希の手がこちらへ伸ばされ、理久は身構えて身体をこわばらせた。その指の背で、頬をゆるゆるとなでられる。理久は身動きできなかった。

「皆河さんも、俺とのプレイがよかったんでしょ？」

知希の指が首筋へ滑《すべ》り、そこをやさしい力加減でひと摑みにされる。ゆっくりと真綿で絞《し》めるように喉仏を潰《つぶ》されて、理久は息苦しさに顔をしかめた。不快にならない巧《たく》みな強さで直接身体にも訴《うった》えかけられると、暴君とのプレイを想起して脊髄《せきずい》反射してしまう。

「俺が、皆河さんの暴君になってやるよ」

密《ひそ》かに求めていた暴君からの高慢な提案に、理久は大きく目を見開いた。蔑《さげす》むような冷たい目でほほえむ知希は、たしかにあの夜の暴君だ。仕事中には決して見せない裏の顔。

「仕事が終わったら周りに内緒で、毎週土曜の夜に、ふたりだけでプレイするんです」

知希の手は理久の首のうしろにまわり、親指で耳の裏側をこすって、うなじに他の指を挿《さ》し込《こ》んでくる。暴君に文字どおり首根っこを摑まれた気分で、理久は眸《ひとみ》を揺らした。

「ハプニングバーで男を漁《あさ》って遊ぶより、遥《はる》かに効率的で経済的で安全でしょう?」

緊張でうまく息ができない。理久は小さく唾《つば》を嚥下《えんげ》した。

知希の提案はひどく魅力的だ。人に知られたくない危険な性癖を、ふたりなら埋めあうことができる。でも、だけど。

「……む、無理だ、そんなの」

「こういう場所だと、俺以外の、たとえば生徒の関係者なんかに知られる危険だってあるし」

「分かってる。もう、こういうところには来ないし、だから、桧山さんも忘れてください」

実際、同僚に、知希にバレてしまったのだ。また他の誰かに見つかるかもしれない。犯されたいなんて特殊《とくしゅ》な異常性癖を抱《かか》えた人間は、日陰《ひかげ》でこっそりと生きていくしかないのだ。

理久は立ち上がった。知希はそれを冷淡な目つきで見上げてくる。

「同じ職場で……生徒の前で、一緒に働いてる桧山さんと、なんて、そんなの無理です」

言葉にするとどんどん冷静になってきて、理久は自分の発言に沿って深く納得した。

「俺以外に、皆河さんの欲望を都合良く満たしてくれるヤツなんて現れないよ」

それはそうかもしれない。だけど、もともとひとりだったのだ。

これまでそうだったように、どうせひとりで生きていかなければならない。

理久がすっかり冷えた頭でハプニングバーを出て、新宿駅《しんじゅく》のホームで最終電車を待っていると、隣に知希が並んだから驚いた。

「……つけてたんですか」

「同じ方向だし」

まっすぐ前を向く知希から目を逸《そ》らす。

駅まで歩く間にいろいろ考えた。やっかいな性癖を隠して生きるのが自分だけじゃなかったと身近にいる人ではじめて実感して、密かに仲間を得たような安堵《あんど》に似た気持ちにもなった。

犯したいなんて望む罪悪感を、この人も持って生きてきたんだろうか――いやでも悠長に安堵しててていいんだろうか、と別の懸念《けねん》もよぎった。知希は実際に誰かを強姦《ごうかん》したことはないのだろうか。性犯罪者がじつは隣にいるかも……と考えると怖い。

「……桧山さんはこれまでは……他の店で遊んでたんですか」

犯罪を疑っているとは悟られないようにそう問いかけると、知希は「いや、ああいうバーの存在は知ってたけど、行こうとまでは」と軽く横顔で笑う。

「じゃあ……妄想してただけ？」

「そりゃそうですよ。でも世の中には腐るほどあるじゃないですか……」

知希が理久の耳元に「男性向けでも女性向けでも、レイプもののＡＶ」と囁いた。

「腐るほどそういうタイトルが存在するんだから、願望を秘匿《ひとく》してる人は意外と多いと思いますよ。でも大多数の人がそうであるように、妄想を実行するほど俺もイカレてません」

本当に強姦するような狂った人間じゃないから、理久が悦《よろこ》ぶことだけをしてくれる。

「安心してくださいよ。同意なくプレイするつもりもいっさいないんで」

見透かされたようにほほえまれ、理久は顔を俯《うつむ》けた。

理久と知希は人波に押されるまま、最終電車の窓際に立った。新宿駅でほぼ満員の状態だ。電車が揺れると、理久のすぐうしろにいる汗ばんだ巨漢の男から思いきり圧がかかって押しつぶされそうになる。それに気付いた知希が理久の腕を引き寄せて庇《かば》ってくれた。

巨漢の圧迫から逃《のが》れられたのはいいが、反対に知希との距離がぐっと近付いてしまった。身体のあちこちが知希にふれ、理久の目の前には彼の肩がある。密着した身体から伝わる知希の体温と肉感に、いやでも暴君とのプレイが脳裏によみがえった。

身体を開かれ、押しつぶされる感触——やけにリアルな追想に顔がかあっと熱くなる。

——もし桧山さんが同じ塾の講師じゃなかったら……知らない者同士だったら……。

今頃はハプニングバーでめちゃくちゃに犯されているはずだった。

あの脳が痺《しび》れるほどの快楽を簡単に忘れられない。だけどもう、だいじに、忘れないように、記憶の中で何度も反芻するしかない。

いつもの癖でつい妄想に没入《ぼっにゅう》し身体が熱くなり、甘勃《あまだ》ちしている下半身が知希の脚《あし》にふれてしまった。しかしうろたえる理久とちがい、知希はべつに驚いてもいないし嘲笑《ちょうしょう》や軽蔑《けいべつ》のまなざしも向けてこない。

――気付かなかったのかも……。

でもこのまま向きあってすごすのはまずいと焦《あせ》り、理久は知希に背中を向けた。身体が彼に密着していることに変わりはないが体裁は保たれる。

これまでに幾度《いくど》となく電車の中で、知希の顔をしたサラリーマンから乱暴に犯されるという妄想をした。ばかばかしくて甘美な夢想。ここまでくるともはや妄念だ。

興奮を悟られないようにそっと熱い息をはいたとき、理久は尻をなでられる感触にはっと知希のほうへ振り返った。知希は目が合うとうっすらと笑みを浮かべる。理久が瞠目《どうもく》すると、耳に「そんなとろけた顔してちゃだめでしょ」と囁かれた。

知希はさらに理久の尻をいやらしく揉《も》み、今度は手を前に回してくる。さっき彼自身が「同意なくプレイするつもりもいっさいない」と言ったばかりだ。股《また》の間に手をさし込まれ、理久が眉《まゆ》を寄せてくちびるをわなわなとさせると、知希は顔を背《そむ》けてそれを無視し、痴漢《ちかん》めいた行為を続けた。それればかりか、スラックス越しに陰嚢《いんのう》の辺りを爪で引っかくようにしてくる。たったそれだけで理久は背筋を震わせ、ごまかせないほど硬く勃起《ぼっき》してしまった。

実際の快感は、妄想の百倍にも感じる。

カクテル一杯しか飲んでいないのに、強い快楽にふやかされた頭は酩酊《めいてい》状態だ。

これは夢かもしれない。こういう妄想をしすぎて、とうとう頭がイカレたのかもしれない。

理久は抵抗を忘れて目を瞑《つむ》り、暴君がくれる快楽に没頭《ぼっとう》する。

「だいじょうぶ？　酔《よ》った？　俺に寄りかかっていいから……」

知希がやさしくかけてくれる声が遠く聞こえる。息も絶え絶えな男が男に寄りかかっていても、周囲の乗客に怪しまれないよう、フォローしてくれているらしい。

ゆるくてもどかしい痴漢じみた行為に、あっけなく身体は籠絡《ろうらく》された。

――僕はむかしからずっと、こういうことをされたかったんだ。

羞恥心《しゅうちしん》と快感と罪悪感がごちゃ混ぜになっていく中で、知希の肩に頭をのせて寄りかかると、身体を縛《しば》っていた何かがはらりとほどける心地がした。


五反田《ごたんだ》駅で知希も理久と一緒に最終電車を降りた。

勃起したまま治まらない。知希に腕を引かれ、彼の陰に隠れるようにして、ぼうっとした頭でただついて行く。

どうなるかを考えなかったわけじゃなく、正しくあらねばならないという箍《たが》が外れてしまったのだ。知希の前で清廉《せいれん》ぶることに、もう意味がなくなってしまった。

駅を出て車一台しか通れないような路地の、奥まったところに建つビルの裏手に回り、日中は一階駐車場として使われているであろう暗がりに強い力で連れ込まれた。

深夜だが誰が傍《そば》を通るとも知れない場所で、背後からスラックスの前をゆるめられ、暴君の手が理久の下着の中に入ってくる。

「痴漢されて、こんなぐしょぐしょになるのかよ」

「……っ……」

恥ずかしい。恥ずかしいけれど、それを知られるのが暴君ならいい。

先走りでしとどに濡《ぬ》れたペニスを扱《しご》かれ、理久はコンクリートの壁に縋《すが》りついた。穿《は》いていたスラックスを強引に下ろされて、Tバックの縦の布を捲《まく》られる。

欲しくても、我慢するしかないと思っていた。でもすべて知られてしまっている彼の前では、清く正しくなくてもいい。

暴君に犯されるためにもともと準備していた後孔《こうこう》に、逞《たくま》しいペニスが入ってくる。

「あっ……あぁ、……っ……」

甘ったるい声を上げてしまった口を手で塞《ふさ》がれ、突き上げるような腰つきで深くまで受け入れさせられた。息つく間もなく、抜き挿《さ》しされる。

「……んっ……ふっ……うぅ……」

抽挿《ちゅうそう》が始まっていくらもしないうちに理久の身体は、凶暴な動きをする異物を受け入れた。

全身が快楽にゆるんで、ぐずぐずにとろけていく。陥落《かんらく》はあっけないものだった。

ピストンされるたびに、下着の中で勃起したペニスが冷たいコンクリートにこすりつけられる。それすら鋭い刺激になって、抑えきれずに鼻を鳴らした。

コンクリートの壁が、理久のはしたない淫蜜《いんみつ》で濡れていく。

奥まで届くスムーズな抽挿がひっきりなしに続くうち、気持ちよすぎて膝の力が抜けてしまった。自立できなくなり、つながったところに自重がかかって、硬茎に貫かれそうだ。

「……深いのっ、こわい……」

「皆河さんのアナは今もうれしそうに締めつけてきて、痙攣《けいれん》してるけどな」

暴君に腰を摑まれさらに押し込まれて、理久は彼に塞《ふさ》がれた手の中で嬌声《きょうせい》を上げた。

「奥に嵌《は》めると吸いついてくるし……このへんはとろとろ」

「んぅっ……んんっ……！」

嵩高《かさだか》い雁首《かりくび》で「このへん」と示されたのは後孔の中程だ。硬く張った笠でそこにある胡桃《くるみ》を狙《ねら》ってにゅるにゅるとこすり上げられると、苛烈《かれつ》な快感を生んだ。

「う……うぅっ……それ、だめ……」

内襞《うちひだ》が卑《いや》しく蠕動《ぜんどう》し、悦《よろこ》ぶのが暴君に伝わってしまう。彼にまとわりつこうとする浅ましい音が接合部から大きく響いて、理久は恥ずかしさのあまり「やだ、いやだ」としゃくり上げた。

「いや？　皆河さんのカラダは無理やり押さえつけられて、こんなふうに奥まで突っ込まれるのがスキみたいだけどな」

行為そのものじゃなく、痴態を晒すのがたまらないのだ。暴君はそれを知っている。だからいっそういやらしい腰遣いで掻《か》き回《まわ》し、蹂躙《じゅうりん》をやめてくれない。胡桃を執拗《しつよう》に責め続けられると腹の底が切ないかんじでいっぱいになり、泣きたいような衝動がこみ上げる。

理久は暴君に身を預けて、喉を震わせて甘ったるく喘《あえ》いだ。

「痴漢された上に犯されてんのに……泣くほどイイのか」

暴君が乱れた呼吸の合間に、理久の耳元でそんなふうに辱《はずかし》める。まんまと煽《あお》られて、理久はがくがくと腰を震わせた。

言葉と身体で巧みにいたぶる、すべてにおいて理想的な暴君は、理久がずっといちばん欲しかったものをくれたのだ。


全身のネジがぶっ飛ぶようなセックスだった。

終わったあとは、憑《つ》き物《もの》が落ちたみたいに頭の中がやけにすっきりとしている。

さっきまで彼とプレイしていた暗がりの脇にある階段に座っていると、知希が自販機で水を買ってきてくれた。「ありがとう」とそれを受け取り、喉の渇《かわ》きを潤《うるお》す。

理久が座る二つ下の段に、知希も腰を下ろした。いつもは見上げている彼のつむじが見える。

整った横顔だ。全体のスタイルがいいのを強調する小さな頭、男らしくしっかりした肩、ほどよく厚みのあるバストで、腰は細め。それから尻が薄くて、脚が長い。クールな顔で冷たそうな印象だが、理久よりよっぽど他人を思いやって動くタイプ——塾で見る限りでは。

「桧山さんが……暴君なんて。おんなじ人かなって思うくらい……いつもやさしいし」

塾で見知っている彼も、今みたいな気遣いをしてくれる。普段はとても紳士的だ。

「俺は皆河さんが、いつもあんなやらしい下着をはいてるなんて想像もしてなかったけどな」

「それはあのバーで買うやつだから、いつもはいてるわけじゃない」

知希は「ふぅん」とあまり興味なさそうだったのに、「毎週土曜はTバックで登塾すればいいんじゃない？」と横目で見てくる。

「あんなのはいてたら落ち着かない。使い捨てるし、そもそも持ってない」

「俺は好きだけどな。すぐヤッてほしい、ってかんじが」

下着を脱ぐ手間がいらないのは、たしかにいい。見た目の破廉恥《はれんち》さだけじゃなくて実用的なのだと、セックスしてはじめて分かった。

「俺がプレゼントするから、次にプレイするときにはいてきてよ」

「……ほんとに……毎週土曜の夜に……、プレイするの？」

知希はすでに決定したような口ぶりだが、まだ約束したわけじゃない。

「皆河さんは？　したくない？」

答えを自分で選ばされる。逃げたりごまかしたりできない。

知希は理久の答えなんかとうに知っているみたいに、笑みを浮かべた不遜《ふそん》な表情で見上げてくる。この絶対的な暴君と離れるなんて、もう考えられない。

「僕は………暴君に犯されたい」

はじめて自分の口で、絶対に言えないと思っていた願望を言葉にした。知希なら、受けとめてくれると分かっているからだ。

「じゃあそれで決まり」

知希の返しが軽くて、一世一代の告白のつもりだった理久はちょっと笑ってしまった。

「僕みたいな異常性癖の変態を相手にしなくても、桧山さんモテるでしょ。モテないはずない」

「俺と皆河さんの話をしてるんだから、他人のことなんて関係ないだろ」

ついつまらないことを言ってしまったが、理久が特殊な性癖であることは明らかな事実だ。

「桧山さんに痴漢みたいなことされて……っていう妄想だって、むかしから何度もしてた。こんなふうにビルの暗がりに引きずり込まれて……僕は、悦んでしまう異常者なんだ。世の中には性被害を受けてる女性や、男性だって、たくさんいるのに。僕の性欲は罪悪だ」

分かっていることでもあらためて言葉にすると、その事実に打ちのめされる。

「皆河さんは『異常性癖』って言うけど、べつに異常じゃないよ。ほんとに異常なやつっていうのは、欲望を誰彼構わず、同意を得ずに押しつけるやつだろ」

「…………」

理屈では分かる。理性で自分を律《りっ》し、理久は人に言えない歪《ゆが》んだ欲望を内包して生きてきた。でもいくら願望がかなっても、それで満足することはない。今だって、来週はどんなふうに犯されるのか、と期待に胸を膨《ふく》らませているのだ。この先、いつか彼と関係が途切れたあとも、この罪悪感とともにずっと抱えて生きていく。

「僕のこの性癖は、自分がゲイだって気付いた中学生の頃からで……もう染みついてる」

「きっかけはあるの？」

知希の問いに、理久は記憶を遡《さかのぼ》らせた。軽蔑されると思うから、誰にも話したことがない。

「中学のとき、クラスメイトの男子が電車で痴漢に遭《あ》ったんだ。こんなふうにさわられた、最悪だ、ってその子は報告しながら怒ってて。僕も本心から同情したし『今度遭ったら駅員に突き出そう』って話して……。でも、そのあとから僕は『この目の前のサラリーマンが僕の身体をさわってくれないかな……』って妄想するようになったんだ。ほんとに最低最悪だろ？」

人の心の痛みが分からないわけじゃないし、卑劣《ひれつ》な犯罪は許せないものだ。でも同時に、自分の中にも歪んだ欲求がたしかにあって、その罪悪感で自分を責める。

「あぁ……だから俺に痴漢されてスイッチ入っちゃったのか」

妄想するしかなかった願望を、知希にはじめてかなえてもらったのだ。

「他にはどんな妄想してたんだよ。それが、皆河さんがしてほしいことだろ？」

知希はからかうでも責めるでもなく、そう問いかけてきた。暴君として、願いをかなえてくれるつもりだろうか。

「他には……、夜の公園とか……どこかのガレージとか……カラオケルームとか……」

自分で並べて申告しながら、恥ずかしくなってしまう。どこかで見たことあるようなシチュエーションばっかりだ。

「……ばかなやつって嗤《わら》っていいよ」

でも知希はそれを嗤わない。

「プレイの場所は俺が決めるから、皆河さんはどきどきしながら待ってればいいよ」

その提案にも、理久はこくりとうなずいた。

暴君の好きにしてほしい。だってそれはまちがいなく自分が欲しいもののはずだから。


夏期講習直前で忙しく、次の週の土曜日まではあっという間だった。

残業後二十一時過ぎに知希が先に塾を出て、『品川《しながわ》駅で待ってる』とＬＩＮＥメッセージを貰《もら》い、急いで帰りの仕度《したく》をして駅で落ち合った。それから電車で移動した先は都心の大きな公園だ。

コンビニでビールと缶チューハイを買ってベンチに並んで座り、「今日もおつかれさま」と知希からの労《ねぎら》いの言葉で乾杯する。

「皆河さんが担当してる生徒さんの三者面談、夏休みまでかかりそう?」

「かかる。土曜日の夜じゃないと、っていう親御さんが多いし」

今日は夕方から夜にかけて三件の面談があり、帰るのが遅くなった。

知希と仕事の話をしながら、理久はどこか落ち着かない心地だ。

住宅街にあるのとはちがい、都心の公園は広い。街灯はあるものの間隔《かんかく》が遠く、ベンチの後方は木や草が生《お》い茂《しげ》り真っ暗だ。夜になると人がまばらで妖しい雰囲気に映る。

理久は辺りを見回した。蛇行《だこう》する広い歩道に沿ってベンチが点在し、少し先に公衆トイレがある。

犯されたいなんて願望をもっているわりにまったくもって勝手な話だが、ああいう綺麗とはいえない公衆トイレや、こういうまわりから丸見えのベンチで性的なことをするなんて絶対にいやだ。それにお互い、警察の厄介《やっかい》になるわけにいかない。

——ここじゃないところ……どこかに連れて行かれるのかな。

気もそぞろの理久に、知希が隣で笑うのに気がついた。

「……何笑って……」

「今日俺があげたやつ、ちゃんとはいてきた?」

理久は缶チューハイを呷《あお》り、知希から顔を逸らしたままうなずいた。

知希が問うのはTバックのことだ。登塾して講師ルームに入ってすぐに「皆河先生、これどうぞ」と彼から渡された紙袋に入っていた。

――「プレゼントする」なんて冗談だと思ってた。

帰り際にこっそり穿き替えた自分も大概《たいがい》だ。

そうしているうちに知希が「ちょっとトイレ」とひとりで公衆トイレへ向かった。

しかしそれからなかなか戻ってこない。十分は経《た》ったのでは、という頃に、理久の前を自転車に乗った男性が通り過ぎた。

ひとりぽつんと公園のベンチに座っていると、心細くなってくる。スマホの時計では二十二時二十分。何かあったのではと知希のことが心配になり、トイレのほうへ首を伸ばして様子を窺ったそのとき――いきなり背後から布のようなものを頭からかぶせられ、理久はそのまま羽交い締めにされてうしろ向きに倒された。

「――……!」

引きずりこまれたのはベンチ裏の茂みだ。馬乗りになった何者かに口を手で塞がれ、抵抗しようと出した腕を強い力で押さえつけられる。胴部に乗られ、上から肩を押さえつけられると、男であっても簡単には身動きできない。

「んんっ!」

瞠目する理久を組み敷いているのは暴君の顔をした知希だった。

暴君は「しぃ」と理久に黙るように合図をしてくる。

「騒ぐと通行人にバレるぞ。いいのかよ」

「しっ……心配したのに！」

心配もしたし、いきなり襲われて本当に怖かった。今になって背筋がぶるっと震える。

理久のその言葉と怯えた表情に暴君は一瞬驚いた目をして、「かわい」とにやりと笑った。

唖然《あぜん》とする理久に構わず、スラックスを強引に下げ、片方だけ脱がせて、暴君が覆い被さってくる。ようやく気付いたが、最初にかぶせられた布は、今は敷物にされていた。

まさかここでプレイするのだろうか。

「桧山さっ……」

再び口を手で塞がれた。声を出すなと言うように睨《にら》まれる。

「ノゾキに盗撮《とうさつ》されて、写真をネットに上げられるぞ」

木と木が重なり、辺りは真っ暗だ。生垣《いけがき》があってさらに茂みの中だから、ここはわざわざ覗き込まないと歩道から見えないのかもしれない。

「さすがに今日はケツの準備はしてないよな」

暴君の問いかけに、理久は目を泳がせた。

いくら犯されたい願望があるとはいえ、いきなり突っ込まれたら大けがをしてしまう。

無言の理久に暴君は首をかしげたあと、確かめるようにTバックの布を捲って後孔をまさぐった。暴君の目が見開かれる。

「まじかよ……これ、ご愛用のプラグ？　こんなもんずっと突っ込んでたの？」

弾《はず》むような声の暴君に対して、理久は顔を背けて小さく「うるさい」とぼやいた。

アナルプラグのストッパーを摑んで揺らされる。自分で挿れるときはなんともないのに、暴君にそんなふうにされると、途端に快楽のスイッチが入ってしまう。

「し、下着……替えたときに。ずっとじゃない」

「こんなの挿れて生徒の前に立てないよな、さすがに。プラグが前立腺を掠《かす》めたりするし」

まさにその胡桃の膨らみをプラグでくすぐられ、理久は腰をこわばらせる。

眉を寄せて鼻を鳴らす理久を見て、暴君が埋まったままだったそれをゆっくりと引き抜いた。スペード形状のプラグが、敏感な内襞をこすって出ていくのが気持ちよくて、腰をがくがくと揺らしてしまう。

プラグを抜かれてぽっかりと空《あ》いているような気がする後孔が飢渇感《きかつかん》でざわざわとし始めた頃、そこに硬く勃起したペニスをずぷりと押し込まれた。わずかな抵抗を宥《なだ》め賺《すか》すように小刻みに前後しながら、凶暴な硬茎が奥まで入ってくる。

最奥《さいおう》に到達するとすぐさまピストンが始まり、理久は目を瞑って奥歯を食いしばった。我慢しなければと分かっていても、甘ったるい喘ぎ声がどうしようもなく鼻を抜ける。

「……んっ、……んんっ……、はあっ……はぁっ……」

薄く目を開けると、理久の両肩を押さえつけて大きく腰を振る暴君に、あの冷たそうな目で見下ろされていた。

早々に最奥までとろけ、暴君の蹂躙を悦んでしまう。痴態を晒す姿を俯瞰《ふかん》され、そんな自分が恥ずかしくて、気持ちよくてたまらない。

胸が大きく上下し、息を弾ませる拍子《ひょうし》に声が出てしまって、暴君に手で口を塞がれた。

「犯されてんのに……よがりすぎだろ」

興奮した荒い息遣いや、性交の音が辺りに響いて、誰かに見つかるかもしれない。

そのとき遠くでキイッと自転車のブレーキ音がした。その音で暴君の動きが一瞬とまったものの、今度は奥に嵌《は》め込《こ》んでわざと粘着音が出るように腰を煽ってくる。

いやらしい腰つきで中をぐちゃぐちゃに掻き回され、強烈な快感で頭が変になりそうだ。

「音でバレるかもな。犯されて気持ちよくなってるとこ、見られてもいいのかよ」

「い、やだ……や……」

こちらの歩道のほうへ自転車が走って来たら、声や音に気付かれたら——そう考えるうちに、後孔がきつく収斂《しゅうれん》する。そのまま昇りつめ、理久はびくびくと身体を痙攣させて射精することなく達した。一度発生した波はそのあと何度も身体を襲って、理久はそのたびに身を震わせる。

ペニスにしゃぶりつくような内襞の蠕動《ぜんどう》で、暴君に気付かれるにちがいない。

「中でイきまくって、何が『いや』だよ」

「ふ……ううっ……」

息つく間もなく最奥を責められ、そうされると昂《たかぶ》って泣くから、今度は嗚咽《おえつ》が響いてしまう。

声はなんとかこらえ、涙でまつげが濡れるままにしてひくひくと喘いでいると、暴君が覆い被さってきた。

腕でくるむようにして抱きしめられ、鼻先がくっつきそうな距離で、顔をしかめる暴君と目が合う。

「マジでいやなら腕を殴れ」

彼の腕の囲いの中で頭をなでられた。慰《なぐさ》めるように、かわいがるように。

理久は驚いて眸を揺らした。いやで泣いているわけじゃないが、暴君は理久の尊厳《そんげん》を気にかけてくれている。不遜《ふそん》な物言いと力尽《ちからず》くの行為の最中に。

――最初に暴君に会ったときも、僕の意思をないがしろにしなかった。

彼の本質にあるやさしさを感じ、胸がきゅうっと音を立てて軋めく。

「ちょっ……キツッ……！」

胸が軋むと同時に、無意識で後孔を絞ってしまったようだ。暴君はいっそう苦しげに眉をひそめて、恨《うら》みがましい目で睨むと再び動き始めた。

射精には至らずびくびくと震えているペニスを扱《しご》かれ、うしろを同時にきつくこすり上げられる。口を手で塞がれ最後の律動を思わせる強さとスピードで突き上げられれば、乱暴されているかんじが高まった。頭の中が快楽に支配されて混濁《こんだく》し、思考力を奪われる。

暴君らしい身勝手な激しさで目を開けていられないほど揺さぶられて、理久は何度目か分からない絶頂の果てに吐精《とせい》した。


いくら敷物を用意してくれていたとはいえ、白いシャツは土や草で少し汚れてしまった。プレイの途中からわけが分からなくなっていたので、誰か傍を通ったかもしれないし気付かれたかもしれない。覗き込まれはしなかったと思うが、自信はない。

「あ……これ、ハイ」

知希が自身のポケットに入れていたものを、飴玉《あめだま》でもくれるようにぽんと渡してきた。

理久のアナルプラグだ。返し方にデリカシーがないと一瞬焦ったが、それを自分のスラックスに突っ込んだ。

「ポケットに入れっぱで月曜日に塾に持ってこないようにしないとな」

「洗濯するからそんなヘマはしない」

これまでひた隠しにしてきたことが、知希にはぜんぶ知られてしまう。ここまで明け透けに性的プライバシーをさらけ出すのははじめてだ。

「暴君と……桧山さんとするの、気持ちよすぎて……ばかになる。僕、ほんとはこういう地べたでとか、ちょっと苦手なんだけど、いろんなことがどうでもよくなるっていうか……」

「……ふぅん、いいんじゃない？」

知希の横顔は不快そうにも、なんとも思っていないというようにも見える。

「……といっても、他の人と比べてるわけじゃ」

そもそも比べる基準がない。自慰《じい》の経験だけは一人前でアナルプラグなんて仕込んでいても、セックスしたのは知希がはじめてだ。でもあなたがはじめての相手だ、とはなんとなく言えない。恋愛関係じゃないから、責任を取ってほしいわけでも特別扱いしてほしいわけでもないし、それを伝える必要がないと思うのだ。

「いいよ、そういうフォロー。べつに気にしてない」

知希は椅子の背もたれに寄りかかり、理久とは反対のほうを向いている。

昼間は同僚で、土曜の夜に犯したい暴君と犯されたい男がプレイするだけ。その関係性以上の感情も気遣いも彼には邪魔なもので、必要ないのだろう。

——余計なこと言っちゃったな……はずかしい。

知希の人となりをもともと深くは知らないし、暴君とのつきあい方はまだ手探りだ。

彼の整った横顔の輪郭《りんかく》を視線でなぞる。プレイの最中に鼻先がくっつきそうなほど近くで見つめられたとき、キスをされるかと思ったがちがった。

——キスよりさきに、セックスを知ってしまったな。

この先、キスをすることなんてあるんだろうか。経験もなく年を取って死ぬなら、暴君がしてくれたほうがいい。しかし何度かプレイをして察したが、どうやら彼はする気がなさそうだ。犯されているのにキスを期待したり、やさしく頭をなでられてうれしくなってしまったり。おかしな自分に戸惑う。

そんなことをもぞもぞと考えていたら、知希が何か思いついたのか、こちらを向いた。

「俺も、プレイのシチュエーションを考えたんだけど。皆河さんの家に押し入って寝込みを襲うっていうのはどうかな」

「え……マンションのどこから、どうやって……？」

「玄関を施錠《せじょう》せずに待ってればいい」

知希は本当にやりそうだ。理久が「それは物騒じゃ……」と苦笑いすると、知希も「犯されたいのに物騒とか言うんだ」と笑った。言われてみればたしかに変だ。

「……気持ち悪い変質者が家に入ってきたら、いやだし。……僕が言うなって話だけど」

今は知希が理久にとっての絶対的な暴君で、犯してほしいけれど誰でもいいわけじゃない。

「桧山さんは、僕の暴君だから、いいんだ」

彼になら、何をされてもかまわない。

×　6　×

理久《りく》の前で暴君になるために、倫理観は最初に捨てた。

毎日のように報じられ明らかになる性犯罪のニュースからは目を逸《そ》らす。一度腹を括《くく》って決めたことだから、知希《ともき》に迷いはない。

風呂上がりに、知希はスマホを手にベッドに寝転がった。

ビルの非常階段、建物と建物の隙間、営業を終えた店が並ぶ裏路地。必然的に外でのプレイが多くなるため、人目を避けてそれがかなえられそうな場所を調べておかなければならない。

理久は「暴君に犯されたい」なんて言うわりに公園の公衆トイレみたいな見た目からして不衛生な場所はいやがるし、わがままで選《え》り好《この》みする。

——でも、そういうとこもなんかかわいい……とか思ってる俺もだいぶイカレてる。

知希自身も理久とのプレイに嵌《は》まっている。悦《よろこ》ぶことをしてやりたいし、それをかなえるためのスリルある行為に自分も脳が痺《しび》れるほどの快楽を得ているのだ。

——本人は我慢してるみたいだけど、アナル責められて泣くタイプなのがな……。

腕の中で泣かれると、なだめてやさしくしてやりたい気持ちが溢《あふ》れてしまう。だから夜の公園でのプレイ中、思わず抱きしめて理久の頭をなでてしまった。

——なんでそんなことするの、みたいな驚いた顔してたな。

それはそうだ。暴君にはやさしさなど不要だ。でもそのあと理久が、ちょっと困ったような、戸惑うような表情を見せたから、その一瞬で知希の胸には甘いものが広がった。犯されたい願望が強いせいで、かわいがられることに慣れないだけかもしれない。

知希の下で羞恥《しゅうち》と罪悪感がないまぜになりながら快感にとろけてしまう理久の姿を、何度も思い出す。土曜日の夜が待ち遠しい。

週末毎《ごと》に行うプレイも八回を超える頃、学生たちの夏休みが終わった。

夏期講習に加えて授業外の勉強会や首都圏《けん》模試、全国模試もあり忙しかったが、週末に理久を独り占《じ》めできると思うと我ながら現金だがモチベーションが上がるのだ。

これまでスマホにリスト化していたプレイプランを片っ端から実行した。飲食店の明かりが消えた狭《せま》い路地、駅から離れた人目につかない暗がりや、クラブのトイレに連れ込んだ日もある。

九月初旬は定期テストの対策くらいで、次の模試までひと息つけるタイミングだ。

知希は斜向《はすむ》かいの席で仕事中の理久に、『夜に飲み会があって遅くなるから今日はナシで』とLINEメッセージを送った。プレイをする約束の土曜日に、いつも知希がこの方法で待ち合わせ場所を指定している。

すぐにLINEの通知に気付いたようだ。知希が理久のほうへ目をやると彼も一瞬こちらを見た。視線が交じわると理久が気まずそうに目を伏せる。メッセージを読んでいるその表情は普段と変わらないが瞬《まばた》きが多い。それから、見た目に分かるほど肩が落ちる。

――……がっかりしてる？

ややあって『了解です』と事務的で短い返信が届いた。


大学時代の男友だちと前回会ったのは、知希が現在の学習塾に転職が決まったときだ。数ヵ月ぶりの飲み会で、互いの近況を報告しあった。

「……好きな人ができた」

知希の告白に、居酒屋のテーブルを囲むメンバー五人が一斉《いっせい》に「おおっ？」と色めき立つ。大学卒業したての頃にハプニングバーに冷やかしに行ったのと同じメンバーだ。

「好きな人ってことは……つきあうには至ってない、と？」

太セルフレームのメガネ男子・辻堂《つじどう》の問いに、知希は口を歪《ゆが》めて「うん」とうなずいた。他のメンバーも「ガチ惚《ほ》れ？」「いつから？」「どこの誰」と興味津々《しんしん》で問いを重ねる。

「同じ塾の講師なんだけど、あっちは俺とつきあう気はないんだと思う。あ、相手も男」

五人の友人らは全員「おっ」と身を乗り出した。彼らは知希がバイセクシャルだということは知っている。ちなみに辻堂はゲイだ。交際中の恋人もいる。

「『つきあう気なさそう』って推測してるってことは、知希は好きって伝えてないし、相手は知希の気持ちに気付いてないわけ？　それとも気付いてるのに躱《かわ》されてる？」

ひとりがした質問に、みんなも「そこが気になる」と言いたげにうなずいた。

「伝えてないし、気付いてないし、今のところ伝える予定もない」

知希の報告に、辻堂はメガネ越しに半眼になり、他はみな「うーん」と唸《うな》って眉間《みけん》の皺《しわ》を深くする。

それまでじっと知希の顔を見ていた辻堂が「はい、質問」と手を挙げた。

「だいじなポイントだから率直に訊《き》くけど、好きかどうかをお互い確認することなく、えっちはしてる？」

知希は一瞬うっと言葉に詰まり、「はい」と神妙な顔で首肯《しゅこう》した。

前のめりだった全員が「あ～、そういうこと」と事情に納得して身を起こす。

「ソレ始まりでもぜんぜんいいと思うけど、好きなのにセフレ状態が続くのはよくないな」

「恋愛感情の薄い相手に、知希のほうが嵌《は》まっちゃったのか。つまり、今までと逆の立場になったわけだ」

大学時代の知希の恋愛をよく知る友人らの意見に、ただうなずくしかない。

「セフレでいたくないけど好きって伝えられない事情がなんかあって、その詳細《しょうさい》は俺らに言えないわけね？」

眼光鋭い辻堂の問いに、知希は「うん、ごめん。でも不倫とかじゃない」とつけ加えた。

「じゃあ、現状は会ってパコるだけの関係？　知希の言うその『好き』って、いかほど？　セフレに嵌まってるだけとか。だったらそのうち知希も飽《あ》きない？」

説明をだいぶ端折《はしょ》ったこともあり、なかなか知希の本気度が伝わらない。

「そういうんじゃない。ほんとはちゃんとつきあいたい。こんなふうになったことないってくらい必死だし、とにかくずっとその人のこと考えてる。自分でも極端だけど、本当は一日中腕の中に閉じ込めて甘やかしてとろとろにしたいって思ってる」

現状やっていることはセフレと変わらないが、寝ても覚めても好きなのだ。

知希が並べた願望に、辻堂をはじめとする全員が虚を突かれたような表情になっている。

「一日中甘やかしたい？　どの口が言ってんだって首を捻《ひね》りたくなるんだけど。知希って淡泊すぎて大学時代の元カノに『無用の淡泊質』ってひどい称号を貰《もら》ってたよな」

辻堂からそう確認され、知希はため息をつくように笑った。「人間に必要なエネルギー・タンパク質の真逆」という皮肉を込めた悪口を人伝《ひとづて》に聞いたときも、傷つくより先に笑ってしまったが。「まぁ、いい人ではあるんだけど」とのお情けの枕詞《まくらことば》とともに「ときめきがザル」だの「つきあう直前がピークだった」だの、別れたあとに風の噂《うわさ》で耳にした。

「大学のとき知希がつきあってたのって、押しの強い子だったじゃん」

「知希自身はわりと受け身な恋愛スタイルだからってのもあるだろうけど」

友人らの分析は的確だ。求められてつきあって、長続きしなかった。

恋人と毎日ＬＩＮＥでメッセージをやりとりするとか、毎日会いたいというふうに情熱が滾《たぎ》ることがなかったのだ。「本当に好きじゃないなら、なんでつきあうんだ」という人もいるが、「つきあってから相手を深く知れば愛せるかも」という気持ちでいて何が悪いのか、その当時は分からなかった。

しかし実際に気持ちは盛り上がらず、やがて「つきあうって面倒だな」と思うようになり、それが相手には伝わってしまい恋人関係が終了してようやく、自分がまちがっていたことに気付いた。今度こそはと思う出会いはいくつかあったけれど、風船が膨《ふく》らむ前に萎《しぼ》んでしまい、ここ数年は独《ひと》りだ。

「淡泊質なんて言われてた知希が、はじめて本気になってるわけだな」

「……うん。今までとぜんぜんちがう。でも今までだって相手が悪かったわけじゃなくて、俺の気持ちの問題だったんだなって。本気で好きになって、それに気付いた」

知希が神妙な面持《おもも》ちで答えるものだから、その場がしんとなった。

「知希が本気なのは分かった。職場で顔を合わせる以外に、デートはしてんの？」

辻堂から問われて知希ははっと目を大きくした。プレイはしているが、デートじゃない。

「……デートという発想がなかった」

「普通はそれが先やろがい」

たしかに辻堂の言うとおりだが、以前はランチの約束すらできなかったのだ。それもあってプレイ以外で会おうという考えに至らなかった。

——あっちもデートしたいなんてこれっぽっちも考えてなさそうだし。

しかし、以前はたしかに取りつく島もなかったが、その頃に比べればだいぶ打ち解けられた気はする。とはいえどんなプレイをすれば理久が悦ぶかは分かっても、デートの誘い方、デートプランも、途端にどうすればいいのか見当もつかない。

「……デートって、何をどうすればいいんだ」

困惑している知希に、辻堂が「誘われたことしかないイケメンめ」と毒づく。

「いや、そういうわけじゃなくて、ランチしたいとかは思ってたんだ。でもあっちがそういうのを求めてなくて」

「そこを突き崩していくしかないだろ。知希が今の関係を変えたいなら。現状打破だ」

辻堂のアドバイスに、知希は「そう……だよな」とうなずいた。

「知希って自分から押しまくる恋愛したことないもんな。モテすぎるのも困りモン」

「熱烈に求愛されてつきあってみたら地雷系とかな。前辞めた塾でもあったじゃん、ＪＫから一方的に好意を持たれてさ……」

みんなが「あ〜、あったな」と声を揃《そろ》える。知希も苦笑した。

大学卒業後に契約社員として勤めていた学習塾を辞めたのは、正規雇用を求めていたことに加え、当該《とうがい》の女子生徒から「桧山《ひやま》先生にキスされた」などとあらぬ噂を立てられたのが大きな原因だった。もちろん生徒に手を出したり、気を持たせたりしていない。妄想《もうそう》の世界に全力で引きずり込もうとする彼女を、説《と》き伏《ふ》せるとか、向き合うつもりはなかった。

妄想に巻き込まれた被害者というスタンスで面倒なトラブルから逃げ、その結果、今の学習塾に転職できてよかったと思っている。

「知希ってクールに見えて広く浅くやさしいからなぁ。ギャップ萌え勢に刺さるんだわ」

「クールに見えるから、『わたしだけ特別にやさしくされてる』ってかんちがいされやすい」

「なのに、肝心《かんじん》な想い人には相手にされないとか……不憫《ふびん》」

みんなから同情の目で見られて、知希はため息をついた。


飲み会で理久のことを話した辺りから、やっぱり今日会いたい、という気持ちがあった。

新宿《しんじゅく》から電車に乗ったときには五反田《ごたんだ》駅で降りると決めていた。プレイあとにふらふらだった理久を一度マンションの前まで送り届けたことがあり、部屋番号を知っている。

二十三時四十五分。理久に予告はしていない。時間が遅すぎるが『オンラインフードデリバリーの配達員を装い、家に押し入って寝込みを襲う』というプレイをするつもりだからだ。

だいぶ前、部屋への侵入方法について、知希は「玄関を施錠《せじょう》せずに待ってればいい」と言った。そのとき理久は「物騒だし、気持ち悪い変質者が家に入ってきたらいや」と相変わらずのわがままぶりだったので、思い出し笑いをしてしまう。

理久の部屋の前でチャイムを鳴らす寸前に「まさかな」と半信半疑で玄関のドアハンドルを回してみた。

難なく外開きのドアが開く。知希は瞠目《どうもく》した。無施錠だ。

知希は困惑しながら部屋の内側に入った。ドアを静かに閉め、鍵《かぎ》をかけ、靴《くつ》をちゃんと揃えて脱ぐ自分が滑稽《こっけい》に思えてくる。

1Kだと理久が話していたので、キッチンを抜けるとベッドルームになっているはずだ。

知希はキッチンからドアを開けて先に進んだ。ベッドルームのエアコンが稼動《かどう》していて、バルコニーへ続く窓のカーテンは閉じられている。右の奥まったほうへ目をやると、フットライトの灯《あか》りの中で膨らみのあるベッドが見えた。

いくら静かに入ってきたとはいえ、熟睡《じゅくすい》していなければ物音に気付くはずだ。だが、理久とおぼしきかたまりはぴくりとも動かない。知希は足音を忍ばせ近付いた。理久の頭が見える。

知希はベッドに飛び乗り、目を見開いた彼の口を咄嗟《とっさ》に手で覆《おお》って塞《ふさ》いだ。

「おまえっ、無施錠ってばかだろ！」

無謀《むぼう》さに対する苛立《いらだ》ちと憂慮《ゆうりょ》にたえず、いきなり罵《ののし》ってしまった。荒っぽい押し入りの強盗や強姦《ごうかん》のニュースを頻繁《ひんぱん》に目にする。男だからだいじょうぶなんてない。

理久は眸《ひとみ》を揺らし、黙っている。口を塞がれているので喋《しゃべ》れないのだろうが、知希としても言い訳をしてほしいわけじゃない。こうなった理由は分かっている。知希が「押し入って寝込みを襲うのはどうか」なんて軽はずみで言ったことがあるからだ。

危険を省《かえり》みずそんなに暴君に犯されたいのかという驚きと、来る可能性に賭《か》けて一途に待っていてくれたような倒錯的《とうさくてき》な悦びがない交ぜになり、知希も混乱していた。

「なんかあったら、しゃれにならないだろ……」

どこのどいつにも理久を奪われたくないし、さわられるのもいやで、暴君を演じているのだ。

理久は怒られた子どもみたいな顔で、じっと動かない。

そこからは無言でブランケットを剥《は》ぎ、飲み会のときに外してポケットの中に入れたままだったネクタイで、理久の両手を束《たば》ねた。

いつもは着けたままのTバックも下衣と一緒に床に放り投げる。

知希は、手首を縛《しば》られて固まっている理久のアナルを指で探った。予想どおり、縁《ふち》にプラグのフックがふれる。

頭がかっと熱くなるのを感じ、奥歯を嚙んだ。

まさかと予想をしていた結果がぜんぶ想像どおりすぎて、今度は変に笑えてきてしまった。

物騒だと言っていたくせに無施錠で、約束もないのに犯される準備をして待っていた理久のことが、胸が軋《きし》むくらいにいじらしく思えてしまう。

理久には知希が嘲《あざけ》り嗤《わら》っているように映《うつ》っているのだろう。知希の下で、身の置き所がない様子だ。

知希はそんな理久のアナルプラグの突起部分をねじ込むようにして中を犯《おか》した。

「……ひぁっ……っ……」

声を上げそうになった理久の顔に、ブランケットをかぶせて口に押し込む。猿ぐつわでますます犯される気分が高まって興奮したのか、理久のペニスが硬く膨らんだ。

片脚を持ち上げて、これまではじっくり見ることのできなかった理久の後孔《こうこう》を覗いた。フックを握って浅くピストンし、縁のぎりぎりまで抜くと、襞《ひだ》がしがみつくようについてくる。

欲しがる様に煽《あお》られて、一気にプラグを抜き取った。知希は自身のスラックスを脱ぎ、プラグを抜かれて卑《いや》しそうにひくついている後孔にペニスを押し込んだ。最初あった焦慮《しょうりょ》を、頭が滾るような興奮が凌駕《りょうが》している。

「ううっ……んっ、んんっ……！」

理久の悲鳴に悦びが滲《にじ》んでいる。挿入は呑《の》まれるようで、知希も声を出しそうになり奥歯を噛んだ。かぶりを振って「完璧《かんぺき》な暴君になれ」と自分に言いきかせる。

ペニスを奥までくわえ込もうとまとわりついてくる内襞に、知希は夢中で腰を送った。

理久は顔にかぶせられたブランケットの端を縛られた両手で摑み、抽挿《ちゅうそう》の衝撃を懸命に受けとめているようだ。その布をめくってやり、鼻で呼吸しやすいようにしてやる。

やがて理久の震えているペニスの鈴口《すずぐち》から白みがかった蜜《みつ》がこぼれだした。精液が濃く混じったそれで理久のペニスを扱《しご》いてやる。彼の望みどおりに犯してやるのと同時に、爛《ただ》れるくらいに気持ちよくしてやりたい。

「ふぅっ……んっ……うぁっん……んっ……」

理久のくぐもった喘《あえ》ぎ声に甘さが混じりだす。知希は息を弾《はず》ませながら、悦びもあらわに収《しゅう》斂《れん》を繰り返す後孔に、怒張したペニスをきつくこすりつけた。もっととねだるように内襞がしゃぶりついて蠕動《ぜんどう》する。そこをぐちゃぐちゃに掻《か》き回《まわ》してとろけさせたい。

いくらもしないうちに、理久が腰を何度も跳ね上げ、身体をこわばらせて射精もなしに極まるのが伝わった。

「いきなり中イキかよ」

最初の絶頂のあと、理久の下半身の力が抜けて脚がだらしなく開いている。そのとろけきった後孔にピストンすると、知希も食いしばった歯の隙間から声が漏れてしまった。

理久は閉じたまぶたを震わせ、胸のところで折り曲げた両手にこぶしをつくって、突き上げられるままに揺らされている。

好意などなくただ快楽に没頭《ぼっとう》するためだとしてもしがみついてくれてもいいのに、理久のほうからそうされたことはない。

「突くたびに身体が上に逃げる。ヤりにくい」

はじめてハプニングバーでプレイしたときみたいに理久の腕の輪の中に頭を突っ込み、言いくるめてしがみつく格好にさせる。

知希は理久の耳に「いちばん奥に嵌めてやる」と吹き込んだ。しがみつくことが『暴君に犯されているプレイ』から逸脱《いつだつ》していないことにするために、こっちがこういうお膳立《ぜんだ》てをしてやらないといけない。

理久は至近距離で目を合わせると、視線をうろうろとさせて逸《そ》らした。

――この面倒くささもかわいいんだ。

知希としては密着度が高まり、いっそう燃える。

理久の脚を大きく広げさせ、腰を落とすように深く突きまくった。激しくしたあと、最奥《さいおう》に嵌めてねっとりと煽る。再び理久の内襞が痙攣《けいれん》し始めた。

「あぅ……うっ、んんっ……んんっ……」

かたちだけいやと首を振る理久を押さえつけて、こじ開けた奥の襞を執拗《しつよう》に蹂躙《じゅうりん》する。

「いちばん奥……抉《えぐ》られんの好きだよな。先っぽに吸いついてくる」

理久は喉を反らし、ひくひくと喘いで悦楽の境地だ。

「首筋に鳥肌立つくらい、よくてたまんないか」

「うぅっ……ふ……うっ……」

理久の目尻に、目頭《めがしら》に、涙が滲んでいる。

知希はどさくさに紛《まぎ》れて理久の背中に手を回した。腕の中に閉じ込めて、彼と身も心も深くつながった気分を味わいながら腰を振る。

喘ぐ理久が息苦しそうで、噛ませていたブランケットを取ってやった。

「犯されてよがってる声、聞かせろ」

ハプニングバーではじめてプレイした日以降は、声を我慢させてばかりだった。外でのプレイはだいたい立ちバックだし、奥を責めるような激しい行為は思う存分できない。こんなふたりきりの密室でベッドの上というのは、はじめてのシチュエーションだ。

耳元で嬌声《きょうせい》まじりの息を弾ませる理久に、知希も煽られる。

涙でうるんだ理久と目が合った。胸が軋み、濡れたくちびるにキスしたくなるが、ぐっとこらえる。気持ちが溢れてしまいそうだし、暴君としてのキスはしたくないのだ。

衝動的な欲求を振りきるために、彼の最奥を抉って侵す激しい行為で、暴君である自分をなんとか保った。

「……んんっ、はぁっ……あ……あぁっ、あんぁっ……」

嬌声に泣き声が混じりだし、しゃくり上げるたびにペニスを呑まれるような感覚がたまらない。知希は脳が震えるほどの快楽に痺れ、理久の首筋に顔を埋めて深く重なった。

彼はこの首の辺りや耳がことさら弱い。抱きしめたままそこを嬲《なぶ》ると理久は身を捩《よじ》って悶《もだ》え、同時に知希も深くつながったペニスをきつく絞《しぼ》られた。身体と身体がゼロ距離で重なり溶けあいそうな感覚の中、暴君としてのなけなしの理性が崩れていく。

腕の中に好きな人を閉じ込めているような錯覚《さっかく》に酔《よ》って腰を振る。

愛《いと》おしくてたまらず、そんな気持ちのままに知希は理久の髪をなでながら耳朶《じだ》をしゃぶり、彼の頬に顔をすりつけてそこにどさくさでキスをした。暴君としての乱暴なセックスの最後に、ほんの少しだけ知希自身がしたい愛撫《あいぶ》をすることで、一瞬でも胸が甘く満たされるのだ。

すると理久が揺さぶられながら、愉悦《ゆえつ》に浸《ひた》ったままのぼんやりとした表情で知希を見上げてきた。理久は頬にされるキスに戸惑うようだが、その表情がかわいく映《うつ》って、知希は好きだ。

好きだからだよ——見つめただけでそれが伝わるはずもないけれど、知希は理久をやさしく抱擁《ほうよう》しながら、自分の全部を捧《ささ》げる気分で最後の律動を激しく打ちつけた。

忘我するほど渇望《かつぼう》されたい。快楽に没頭《ぼっとう》させ、耽溺《たんでき》させたかったはずが、そうなっているのはいつも知希自身だった。

「俺じゃなくて、マジもんの強姦魔だったらどうするんだよ」

プレイのあとベッドに寝転がって向き合うと、理久はとろんとした目の抜け殻《がら》みたいな顔で黙っている。

「いつから玄関の鍵、開けっぱだったんだ？　まさかあの『寝込みを襲う』って話をしたときからじゃないよな」

その話をしたのは二ヵ月ほど前だ。

理久はゆっくり瞬いて「……今日だけ」と掠《かす》れた声で答えたから心底ほっとした。

「ちゃんと鍵かけとけよ」

知希がまじめに忠告すると、理久はしょぼんとして何か言いたげだ。

「寝込みを襲われるプレイを気に入ったとか？　だったら合鍵を俺に渡せば」

半分冗談の知希の提案に、理久が目を大きくした。

「……あとで、渡す……」

たいして迷うそぶりも見せず、そんなにあっさり同意してくれるとは思わなかったので、知希は驚きと同時に頰がゆるみそうになる。

「合鍵を渡したら、土曜以外もどきどきして俺を待ってないといけないな」

知希が煽ると、理久は困った顔で「それは……」と口ごもった。

「いつもプラグを挿《い》れてるわけじゃ……。それに仕事が手につかなくなりそうだから」

知希も仕事については同じくだが、言うことをきいてやる気はない。塾の繁忙期《はんぼうき》や個人的に忙しいタイミングは近くで見ているから避けられる。忘れて油断した頃に実行すればいい。

「アナルプラグ挿れてなくても、ヤるし」

「……ケガしたくない」

理久は犯される側なのに相変わらずわがままだ。剝《む》き出《だ》しのままの理久のペニスをいたずらしながら知希は「ちゃんと前戯《ぜんぎ》して、突っ込めばいいんじゃない？」と問いかけた。でもそれだとただのセックスだ。

「……ちゃんと、前戯……？」

同じく前戯は変だと思っているのか、首を傾《かし》げる理久の後孔へ指をのばす。今はもう窄《すぼ》まって閉じている縁をなでると、理久は一瞬身体をこわばらせたものの明確に拒絶しない。

知希は濡れたままの後孔に中指をゆっくりと根元まで挿入《そうにゅう》し、指の腹で襞をくすぐった。

「中がまだ俺の指に吸いついてくるんだけど」

「……もう……むり、きつい」

本当はこんないちゃいちゃを含めて理久の身体にさわりたいし、自分の手や口を使って全身を愛撫して、甘やかしながらつながりたい。そういう普通のセックスを彼は望んでいないのだろうけれど、少しずつ懐柔《かいじゅう》したいという気持ちが膨らむ。

「このまま泊まってっていい？」

暴君が「泊まっていく」とは、と自分でも苦笑しそうだ。理久は後孔にいたずらをする知希の指を抜こうと身を捩るものの、帰ってほしいとは言わない。

知希は理久の返事を待たずに彼のTシャツを捲り上げ、あらわになった小さな乳首《ちくび》にふれた。そこにふれるのははじめてだし、理久は驚いたようにただ目を瞬《まばた》かせている。

「……なんだよ。乳首、感じないの？」

粒《つぶ》を指で転がしても理久はうろうろと眸《ひとみ》を動かし、困惑しているようだ。ハプニングバーなんて通っていたくせに、意外と性経験は多くないのかもしれない。

他の男に開発されていない部分を新たに見つけて、知希は口の端を上げた。

乳首を弄《いじ》って遊ぶうちに理久が眠そうにしたので、これ幸いと寝落ちした彼の髪をなでたり頬にふれたりして秘密のしあわせを味わい、そのままベッドで一緒に眠った。

朝になり、シャワーを借りて、昨晩から考えていた計画を実行に移すことにする。

「今日、なんか予定ある？」

知希の問いに、ベッドを出た理久が「……いや、とくには」と答えたので、心の中でガッツポーズだ。

「だったら、ちょっと買い物につきあってくんない？　塾の生徒さんがはじめて英検を受けるから、その対策におすすめの問題集を選んでほしいって頼まれて」

頼まれたのは本当だが、デートと言えばあからさまに困惑するだろうから、ただの口実だ。

「中学二年生だし、TOEICより英検を勧めたんだ。級取得っていうのが分かりやすくモチベーションアップになるかなと思って」

「そうだね。TOEICは高校生になってからでも」

その買い物につきあってもらうことにして、カフェでモーニングを食べようと誘った。仕事に対してまじめな理久は迷うことなく快諾《かいだく》してくれたから、まずは作戦成功だ。

怖いくらい思惑《おもわく》どおりにうまくことが運んでいる。

そもそも、たった一駅分の歩いて帰れる距離で、まさか泊まらせてもらえるなんて思っていなかった。

——寝顔を眺められたし。起き抜けにベッドの中で目が合ったら、あからさまに気まずそうにして逸らされたけど。

朝になったら、『暴君とミクリ』ではなく『桧山さんと皆河《みながわ》さん』に戻ったかんじだ。

「カフェの前に一度うちに寄っていい？　さすがに服と下着は着替えたい」

玄関で靴を履きながら背後に問うと、出掛ける仕度をした理久が「うん」と答えて何かを差し出してきた。

「これ、うちの鍵」

理久はきのうの約束をちゃんと覚えていたようだ。

恋人でもないのに、まさか合鍵が手に入るとは。知希はゆるみそうになる口元をがんばって引き結び、それを財布にしまった。

品川《しながわ》駅近くのカフェでモーニングを食べて、書店で英検の問題集を選んだ。デートの口実にした目的は早々に終わってしまったが、これで帰す気はない。レジに直行せず書店内をうろうろする。理久がどんな雑誌や本を手に取るのか興味があるからリサーチだ。

「皆河さん、小説とか読む？」

知希の問いに、理久は「本屋大賞とかこのミスとかで気になったら」と答えた。

「へぇ……映画は？　シアター派？　配信派？」

「配信中心で、映画館にもたまにひとりで行く。……もう気付いてるだろうけど、友だち少ないから。帰省したときに地元の幼なじみと会うくらいで」

なんとなくそれは察していた。オフィシャルでは人当たりのいい講師のように振る舞っているが、プライベートの皆河理久は、本当の自分をさらけ出せずに殻《から》に閉じこもっている印象だ。

「皆河さん、地元どこ？」

「神奈川の藤沢《ふじさわ》」

「えっ、湘南《しょうなん》？　イメージちがう」

「地元でもそう言われる。泳げないし」

力の抜けた笑顔がかわいい。塾で見せるようなよそ行きの愛想笑いなんかより、ずっと自然だ。彼が今リラックスしているのが伝わる。

「桧山さんは都内っぽいね」

「世田谷《せたがや》だけど多摩川《たまがわ》に近いほう。駅まで遠いからチャリないと死ぬ」

そんな話をしながら目についた映画雑誌をめくり、「好きな映画のジャンルはサスペンスやアクション」で「コメディやラブロマンスはあんまり観ない」と理久がおしえてくれた。

ファッション誌の前でも「仕事用以外の服ってどこで買ってる？」と知希から次々に話を振る。知希は派手な柄物《がらもの》も着るが、理久が今着ている服はロゴが入っていても控《ひか》えめ、シンプルで着心地がよさそうなカジュアルだ。

「流行とかあんまりよく分かんないし、いつもおなじ中目黒《なかめぐろ》のセレクトショップで。そこのオリジナルのだと三年後に着てても変じゃないから」

「へぇ……。そこ、行ってみたい。ちょうど新しいのが欲しいなって思ってたんだ」

驚いた顔で「えっ、今から？」と問う理久の腕を摑んで「今から。服買うのつきあってよ」と連れ出した。

知希に押されてとくに断る理由がないためか、いやがるそぶりもないので、理久のテリトリーにどんどん踏み込んでいく。自分でもこの強引さはちょっとどうかと不安もよぎるが、これくらいずうずうしく行かないと現状打破なんてできない。

品川から中目黒へ移動し、理久のお気に入りのセレクトショップへ向かう。人通りの多い目《め》黒川《ぐろがわ》沿いから一本入った路地で、知希は知らなかった店だ。

好きな人の好きなものを知るのは楽しい。だからあえて「どっちがいいかな」と理久に選んでもらったり「これは皆河さんのほうが似合うかも」と彼の身体に当ててみたりした。

「着てみれば」

知希が勧める秋冬用のネイビー×ベージュのフリースブルゾンを、理久は「僕が？」と躊躇《ちゅうちょ》する。背後からすかさず「別注品で当店だけのお取り扱いです」と店員にも勧められた。

理久に羽織らせてみて、横に並んで鏡に向かう。

「ほら、似合う。ネイビーをおもてにして着るときは中に白パーカとか入れてさ」

店員も白パーカを上から宛《あ》てがい「よくお似合いですよ」と後押ししてくる。鏡越しに理久と目が合ったのでうなずいてやると、うれしそうに薄く笑みを浮かべた。

そのあとも店内をゆっくり見て回って、知希はハーフジップのトップスとパンツのセットアップ、理久も迷いはしたものの試着したフリースブルゾンを購入した。

「服を選んでもらったの、はじめてだった」

理久がショップを出たあとほくほくとした表情でそう言うので、知希は一緒に楽しめたことに満足し、「たまには他人の意見を訊くのもいいんじゃない？」と返した。

辺りを見回すと、今歩いている目黒川沿いには洒落《しゃれ》たカフェや雑貨店も並んでいて、デート

中のカップルや女性のグループとすれちがう。

「俺、ナカメはぜんぜん分かんないんだけど。皆河さん、この辺詳《くわ》しいならおしえてよ」

「僕もさっきの店くらいで、そんなに詳しくは」

正午過ぎだが、朝食が遅かったからランチをするにはまだ早い。とくに他に目的はなくても、知希としてはこのままなんとかデートを続けたいところだ。

「つまらない答えしかできなくてごめん」

理久はリードできないことを恥じているのか、俯《うつむ》きかげんでそんなことをつぶやく。

「なんで？　俺は楽しいけど。ナカメに来て服買うだけなのか～とか、皆河さんのことといろいろ知れて」

つまらないどころか、新しい発見の連続だ。

知希が真顔でそう言うと、理久が顔を上げた。

「桧山さんは僕のいろんな格好悪いところとか、ああいう……異常なところを知っても、嗤わないね」

「……だって、べつに嗤うところないだろ」

そう返すと、理久はじっと知希を見つめて、肩の力を抜くようにほっと笑った。

他人にさらけ出せなくても、知希の前では擬態《ぎたい》の必要なんてないと分かってくれたらいい。

でも相変わらずいろんなことに「こうあらねばおかしく思われる」という箍《たが》が理久にはある

みたいだ。人の顔色や反応に注意深くなりすぎるせいでいちいち不安になるのかもしれないが、そこも含めていじらしくもある。彼が知希にきらわれたくないと思っているからだったら、うれしい。

「あ……ここのコーヒーとスモア、おいしいと思う。塩味のあるスモアでそんなに甘くないよ」

甘いものが得意じゃないことを理久が覚えてくれていたようだ。そのスタンドに立ち寄り、ホットコーヒーと全粒粉クッキーサンドのスモアを手に、川沿いのアーチ型のガードパイプにふたり並んで腰掛ける。

「なんか……変なかんじ。桧山さんと昼間にこんな、服を買ったり、コーヒーを飲んだり」

「俺は、どこか連れ込んでヤれそうなところはないかなって探してるけどな」

「…………」

知希がにやりと笑うと、理久が戸惑った表情で無言になった。

「うそだよ。しないって、こんな明るいのに。通報されて捕まるわ」

知希の返しに理久が笑う。

『ミクリ』だけじゃなく、皆河理久のことももっと知りたい。

コーヒーを飲みながら子どもの頃や学生時代に流行ったゲームの話題になり、「久しぶりにゲーセンに行ってみない？」と知希が誘って再び場所を移動した。

中目黒のゆったりした雰囲気から一転、移動した先は新宿駅近くの大きなゲームセンターだ。派手な音楽とゲームの効果音が混ざって、顔を寄せあわないと互いの声が聞こえづらい。

メダルゲームやクレーンゲーム、シューティングやカーレースなどのアーケードゲーム。目についたゲーム機の前で「やってみる？」と理久の手を引く。

襲ってくるゾンビを狙《ねら》うシューティングゲームはコンティニューしながら四ステージまで行って断念し、カーレースはふたりともへたくそすぎてコツを掴むまで白熱した。

「ちょっと！　皆河さんクラッシュしすぎだって！　俺の車を巻き込むな！　そのくせ俺を置いて先に行く⁉」

「このレースで負けたほうが次のゲームのお金を出すってことで」

「何そのあと出しじゃんけん！　ズルすぎだろ！」

久しぶりの体感ゲームにふたりとも盛り上がって、あっという間に小銭《こぜに》が消える。

「ここに入ってるお菓子、ドンキで安く買えるのに」

お菓子を落とすメダルゲームで、あと少しで大量に獲《と》れそうだからやめられない。

「皆河さん、俺の財布から千円抜いてメダルに換《か》えて！」

メダルを追加投入したかいがあって、お菓子の小袋や板チョコがついにどさどさと落ちてきた。知希が「貢《みつ》がせる～！」と天を仰《あお》いで嘆《なげ》くと、隣で理久が楽しそうに笑う。

「勝負に勝ったのに負けた気分だ」

残りのメダルも突っ込み、知希が大量の戦利品をビニール袋にぜんぶ詰めて「はい」と手渡すと、理久が「ありがとう」とはにかんだ。

「次は何やろっか」

プリントシール機がずらりと並ぶコーナーで、知希は足をとめて理久を引きずり込んだ。

驚いている理久の肩を「撮《と》ろうよ」と抱き寄せ、そのまま背後から腕の中に閉じ込めながら硬貨を投入する。不安定な体勢だからなのか、理久が知希の腕に両手を添えた。そんな些細《ささい》なしぐさにすら、胸がきゅっと軋む。

「十代の若い頃とか、キスプリ撮ったりしなかった?」

知希の問いに理久が「ないよ。桧山さんはあるの?」と苦笑した。

「ある、かな。高校生んとき」

「……彼女と?」

「うん。まぁ、若かったし。そういうノリが楽しくて、ふざけて」

知希が理久を抱きとめたままプリントシール機の画面を操作していると、理久が「……ちゃんと訊いたことなかったけど」とあらたまる。

「桧山さんって……バイ……?」

「……バイだけど、今はゲイ寄りかな。皆河さんとのプレイに嵌まって、他に興味が湧かない」

バイのことを毛嫌いするゲイもいる。でも暴君設定を貫く以外で、自分について偽《いつわ》りを重ねたくない。

理久はじっと知希を見つめてくる。今のセリフのどこが、どんなふうに、彼の心に引っかかったのだろうか。前半なのか、後半なのか、それともぜんぶなのか。

「あ、ほら撮影が始まる」

理久をバックハグしたままで複数回シャッター音が響き、画像を見てふたりで爆笑した。

「目ぇでっか！　オマエ誰だよ」

知希が画面の中の自分に突っ込むと、理久も声を出して笑っている。

「僕も大概《たいがい》だけど、桧山さんが別人になってる」

楽しそうに笑う理久の横顔がかわいい。ずっとバックハグしたままなのをいやがられないのも、とても気分がいい。

ふたりで笑っている最中にプリントシール機が二回目の撮影を始めたので、知希は理久の口元をつまんでひよこ口にしたり、髪をうさ耳にしたり、いたずらする写真を撮った。

プレイとは関係なく理久といちゃいちゃした雰囲気になれて、心が躍《おど》る。

撮影はあと一回になってしまった。

「キスプリ撮ろっか」

知希が誘うと、理久は「やだよ」と困惑しているものの、本気でいやがっている様子はない。

始まったシャッター音に乗じて、知希は理久の頬に短くキスをした。理久が驚いた目でこちらを見てくる。視線が絡んでほどけないまま、カシャカシャと連続して響く音の最後に、知希は理久の薄く開いているくちびるに自分のくちびるを重ねた。

暴君のときは「くちびるにキスはしない」と心に決めてなんとか守っていられたのに、桧山知希のほうに比重が傾いているとだめだ。

年甲斐《としがい》もなく浮かれたティーンエイジャーみたいにプリントシール機の中でキスをしたあと、理久は絡みついていた知希の腕を困った顔で押しのけ、離れてしまった。

同じ歳の同僚だからプレイとは関係なくでも少し距離が近付いただけで、彼にとって知希はやはり暴君でしかないのだろう。それまでの笑顔は消え、理久はいちばん最後がキスプリのシールをじっと見て、無言でバッグにしまっていた。

——不快や拒絶は、はっきり主張するタイプなんだよな。

とはいえ『意外と気が強い』というより、線引きすることでアイデンティティを守っているんだろうと、プレイをするようになって気がついた。「犯されたい願望」を持っている人間だから、こちら側が何をしてもいいわけじゃないのだ。

ゲームセンターを出ると陽が暮れ始めていて、なんとなくおとなしくなってしまった理久のほうをちらっと窺《うかが》う。

——俺もさっきのはけっこうなダメージくらったんだけど。

押し返されたときの手の感触が、いまだに腕に残っている。

恋人みたいにいちゃいちゃしたいだなんて、うれしがって調子にのりすぎた。

彼が求める暴君に戻る以外にないのかもしれない。自分で決めたことだから、知希は理久の腕を摑んでつなぎとめた。

「どうする？　プレイする？」

理久はわずかに目を大きくして迷うように眸を揺らし、顔を俯ける。

ゲームのコンティニューボタンを押すか押さないかの決定権は理久にあって、知希はそれを差し向けるだけだ。知希が選ばせているようでいつだって、わがまま姫の仰《おお》せのままに、と傅《かしず》く気分にさせられる。

「……あした、仕事だし……今日は……アレを挿れてないから」

ぼそぼそと小声でするその返しに知希は笑みを漏らした。知希に抱きしめられたりキスをされたりするのはいやなのに、暴君とのプレイそのものはいやではないらしい。

「ケガさせたことないし、仕事なんて午後からみたいなもんだろ」

理久の眸が揺れている。知希は理久の腕を強く摑んだ。

太陽が沈《しず》んでいくのと引き替えに、理久が求める暴君に戻る。彼はそれを望んでいる。

知希は理久の肩を友だちにするように組んで、「DVDボックスで映画でも観ようか」と目的の方向へ歩き出した。理久は強引な力に流されるまま歩みを進め、ついてくる。

「DVDボックスって？」

「ネカフェの完全個室版みたいな。あえて鍵をかけない人もいるらしいけどね。俺も行ったことないんだけど。三丁目のほう。古い映画を観るのに嵌まっててさ」

映画鑑賞と騙《だま》して連れ込むプレイだ。

雑居ビルの階段を上がり、入店受付のあとDVDのディスクを適当に一枚ピックアップした。

個室の中は全面マット敷きで、テレビとDVDプレーヤーがあるだけ。歩いてきた廊下にはアダルトグッズの自販機が置かれていた。廊下側のガラス小窓はカーテンで隠され、ローションとコンドームも備えつけられてもはやラブホテルだが、シャワーやトイレは室外にある。

知希がディスクをプレーヤーにセットすると、理久が居心地の悪そうな顔でもぞもぞと隣に並んだ。

「皆河さん、こういうところ苦手そう」

ぱっと見た目は綺麗だが、誰が何をしたか分からない安っぽい合皮の赤いマットは取り替えのシーツなどあるわけもない。

「このマットも、ハプバーのソファーと大差ないだろ」

それには理久も小さく「うん」とうなずいている。

選んだＤＶＤはゲイＡＶで、目隠しされた男がネットカフェのブースで複数の男たちから乱暴されているものだ。

「……僕は輪姦されるのは、いやだ」

「目隠しされるのとか、縛られるのは好きだよな」

理久は痛いことをされたいわけでもなく、恐怖で支配するようなやり方だって好まない。ＳＭとはちがう微妙なラインを理解してやれるのは自分だけだ。

ストーリーの導入部分は適当に早送りする。

「デート中に連れ込まれたネカフェで犯されるっていう流れかな」

まさに今の状況だ。ＡＶを観ている理久の喉仏がこくんと動く。

知希はアメニティグッズの中からアイマスクを手に取った。

理久の目元にそれをつけてやる。視界を塞がれて動けずにいる理久の両手を背中側で束ねてハンカチで縛ってから、少し距離を取った。

傍らにセレクトショップのショッパーがふたつ。そしてメダルゲームで取ったお菓子が山ほど入った袋が知希の目に入った。知希のバッグの中にはデートの口実にした英検の問題集と、何年ぶりかにはしゃいで撮ったプリントシールの片割れもある。

恋人じゃなくても、友だちとしてでもいいから、そういうことがしたかった。

理久との楽しかった時間が、泡沫《ほうまつ》のように思えてくる。

「ひ、やま、さん……、桧山さん……?」

目隠しをされて両手を縛られた理久が不安げに、知希を探している。心細げな声で呼ばれると、一瞬、自分が理久に求められているような気分を味わえるが、そんなものは気のせいだ。

彼が今探しているのは自身を手荒に犯してくれる暴君で、ついさっきまでのデートに意味なんかなかったのではと、むなしさとともに今日幾度となく見た理久の笑顔が頭をよぎる。

知希はまぶたを閉じてひとつ深呼吸し、この場に不要な鬱積《うっせき》を両手で薙《な》ぎ払《はら》った。

彼が内面をさらけ出せる相手は自分だけだから、こういう理久のことを放っておけないし、きらいになれない。きらいになるどころか、昨晩から過ごした時間でもっと好きになってしまった。こちらに向ける笑顔も些細なしぐさも、愛おしい。仕事を離れてプライベートに踏み込むと自信なさげなのも、暴君に対しては一途なところでさえも、かわいく思えてしまう。

最初から簡単にいかないことは分かっていたのだ。時間をかけて懐柔《かいじゅう》していくしかない。

知希は理久の背後から覆い被さって、彼をマットに押し倒した。


最初から最後まで後背位での激しいプレイが終わり、半端な位置になっているアイマスクを知希が外してやると、放心した表情で理久の目元は濡れていた。マットよりマシだろうと思って敷いてやった知希のブルゾンに顔を寄せ、後ろ手に縛られた格好のまま横たわっている。

知希は手首のハンカチをほどいてやり、それで理久の涙を拭《ぬぐ》ってやった。丁寧に拭《ふ》き取《と》ると、理久はとろんとした目つきで知希を見てくる。

「……なんだよ」

ぶっきらぼうに問いながら、今度はぐしゃぐしゃに乱れた髪を整えてやる。すると理久はなでられてうれしそうにする猫みたいにまぶたを閉じた。

「……乱暴なプレイのあとだからかな。桧山さんにそういうふうにされるの……気持ちいいなって……。きのうも……それでなんか、すごく眠くなっちゃって」

SMプレイをする人たちは、抱きしめたり褒《ほ》めたりなどのアフターケアをするらしい。理久は最初の頃から、なんでやさしくされるのか分からないという顔をしていて、そんなものを望んでいないのだろうけど。知希としてもアフターケアというより、勝手な自己満足のためにやっている。

「……プレイのときも、僕にふれる桧山さんの手が、やさしく感じるときがある」

「それって、暴君が恋人みたいにいらんことするな、気が逸れるっていう文句?」

じつは密かに懸念《けねん》していたことだ。知希が内心で恐れながらした問いに、理久は「文句じゃないよ」と緊張感なく笑っている。

理久が知希にやさしくふれられることを心地いいと感じているなら、現在のようなプレイするだけの関係から先へ進められるのかもしれない——そんな淡い期待をしてしまう。

「……皆河さんは、恋人をつくろうとは思わないの？」

願望をこめてした問いに、理久は何かをあきらめたような笑みを浮かべた。

「僕に恋人……考えたこともない。自分が普通じゃないことくらい分かってるし。それに恋人は犯してくれないから、はなから求めてない」

理久の最後の言葉が重い塊《かたまり》になって、上から落ちてきたようだった。もしかしたらいつかは、という幻想を粉砕《ふんさい》される。

理久が恋人になってくれるならやさしく抱きたい。愛しいと伝えたい。でもそういうものを彼は求めていないのだ。

根本的にお互いが相反しているという今さらな事実を突きつけられる。理久の中には「ずっとつきあっていく」とか「たいせつに想いあう」という概念《がいねん》だってないのかもしれない。

理久が恋愛をあきらめていたとしても、心の底では「自分を受けとめてほしい」と渇望《かつぼう》しているなら、今すぐにでも好きと言えるのに。だけどそれを望んでいいのは、知希も暴君の仮面をつけたままじゃなく、本当の自分を理久に見せることができたあとだ。

理久は暴君しか見ていない。そして知希も理久の前でつけた偽《いつわ》りの仮面を外すタイミングが分からないでいた。

× 7 ×

土曜の夜から二十時間。理久《りく》が人を自宅に泊めたのも、それほど長く知希《ともき》と過ごしたのもはじめてだった。

そもそも誰かとふたりきりでプライベートをすごす、という経験がない。地元の友だち数人と過ごすときでさえ、どうかすると気詰まりしてしまうほどだ。

昨晩、知希と別れたあと、理久はひとりベッドに入ってからも高揚感《こうようかん》を引きずり、なかなか寝付けなかった。

知希と些細《ささい》なことに共感しあい、好きなものを共有して楽しめたのがうれしかった。服を買うのも、川縁《かわべり》でコーヒーを飲むのも、ゲームセンターで十代みたいに遊ぶのも。またあんな時間をすごしたいと思うくらいに。

——ああいうのもデートっていうんだろうか。

どこからか友だちのラインを越えていた気がするのだ。一緒に服を選んだ辺りから、足元がふわふわと浮かれるような華《はな》やいだ気持ちが自分の中にあった。

「皆河《みながわ》先生、今日十八時から体験授業の生徒さんの担当、よろしくお願いしますね」

塾長の声に理久ははっとして立ち上がり、「はい」と返す。

時間を確認すると十五時。白昼夢のように、きのうの知希との時間に頭を引き戻されていた。

——だめだ、切り替えないと。

斜向《はすむ》かいの知希は、生徒の答案用紙に赤ペンで何か書き込んでいる。

理久は講師ルームを出て、廊下に設置されたカップ式自販機に向かった。

九月に入って真夏のうだるような暑さは和《やわ》らいだが、日中はまだ連日三十度前後の気温だ。

アイスのブラックコーヒーのボタンを押そうとしたとき、背後から手が伸びてきて理久はびくっと振り向いた。

「皆河さん、コーヒーは甘いの飲まないよね。俺は逆にコーヒーは甘めだけど」

知希の顔がすぐ傍《そば》にある。肩や背中が彼の身体とわずかにふれる距離で「おごって」とおねだりされ、理久は「どうぞ」と少し左にズレて距離を取った。職場なのに、いくらなんでもくっつきすぎだ。

うろたえている理久とはちがい、知希は平然とアイスのミルクコーヒーをチョイスしている。

胸の鼓動《こどう》が速い。驚いただけじゃなくて、きのう知希からバックハグでされたキスの感覚が、今の一瞬でよみがえった。途端に身体中の血液が逆流し、うっすら汗ばんでしまう。

暴君とのプレイより、そっちを先に思い出す。

「そ、そういえば、きのうの、あの、ＤＶＤボックスのお金を払ってなくて」

動揺をごまかして、咄嗟に思いついたことを告げた。

「このコーヒーでいいよ」

「まさか。こんなんじゃぜんぜんたりない」

「次に会うときに、なんかおごって」

次というのは、今週の土曜日だろうか。

それとも合鍵《あいかぎ》を渡したから急に来るつもりだろうか。知希が言ったとおり、毎日どきどきして待ってしまいそうだ。

「あ、皆河さん。担当してる生徒さんが志望校のレベルを上げたいっていうから、また学習スケジュールの相談にのってもらいたくて」

「僕でよければ」

紙コップのコーヒーを飲む知希の横顔を盗み見る。すると知希に「そこで休憩《きゅうけい》する？」とパーティションのほうへ誘われ、理久はあらためて自分のコーヒーを選んだ。

丸テーブルを挟《はさ》むかたちの狭《せま》い休憩所で知希と向きあうのですら、なんだかてれくさい。知希にじっと見つめられるとそわそわしてしまい、尻の据《す》わりが悪くなる。

「二日連続でむちゃくちゃしたから……もしかしてちょっと体調悪い？　登塾からぼーっとしてるだろ」

身体を気遣われて、理久は「いや、ちがう。暑くて」とごまかした。

——桧山《ひやま》さんは普通なのに、僕ひとりが変だ。

きのう彼にキスをされてから尋常《じんじょう》ではないくらいに昂《たかぶ》って、制御《せいぎょ》不能に陥《おちい》っている。

キスの経験もなく死ぬくらいなら暴君がしてくれたほうがいい、と思っていた。でも自分の身体のあちこちを知希に侵食《しんしょく》されるのを、ことさら特別なものとして甘受《かんじゅ》していると彼が知ったら、きっと重たく感じるだろう。

――だって桧山さんはふざけただけなのに。

彼が高校生の頃に彼女と撮《と》ったキスプリについて「ノリで、ふざけて」と話していた。色事に慣れている知希からしたら『たかがキス』程度のものなのに、どきどきしすぎてうろたえている顔なんて見られたくない。きのうだってそれがどうにも恥ずかしくて、知希の腕の中から逃げ出してしまったのだ。

キスの瞬間が画像で残っていることも相まって、くちびるが重なったときの感触や目に映《うつ》った光景を、ついさっきのことのように思い出せる。

暴君とのプレイは、身体の内側をぜんぶ快楽で埋め尽くされて満たされるかんじがする。でもふれあうだけのキスは、甘くて切ないもので胸がいっぱいになる感覚だった。

変なのは、もっと前からのような気もする。プレイ中にふいに頬にキスをされたときも胸が熱く沸《わ》いて、なんともいえない甘い気持ちが広がるし、彼に頭をなでられるときや腕の中に閉じ込められるときも、そんな心の震えを覚えるのだ。

知希はコーヒーを片手にスマホを弄《いじ》っている。理久は密《ひそ》かに唾《つば》を呑んだ。

あの手にふれられて、ぐずぐずになってしまう感覚を思い出せば、いたって普通の彼の前で自分だけがおかしなことになっている。

デートみたいな時間と、そのあとの暴君とのプレイ。自分にとってはどちらも、他の人とはしたことのない特別なものだ。こうしてまたすぐにそのことで頭がいっぱいになる。

──僕は……桧山さんのことを好きなのかもしれない……。

キスをされたあとも、それを考えた。

それとも、望むとおりに犯してくれる唯一で完璧《かんぺき》な暴君だから、好きだとかんちがいしているのだろうか。

──犯してくれるから好きなんて、我ながら最低すぎる。

暴君とのプレイに嵌《は》まっているのは事実だ。してもらえなくなるのは困る。

そんなことを考えていたら知希が「きのうみたいな」と話し始めて、理久は盛大にどきっとしつつ顔を上げた。

「ゲームしたり、買いものしたりとか……俺はけっこう楽しかったんだけど」

同じ気持ちだと分かって、理久の胸はぱっと華やいだ。

「僕も楽しかった。また……」

知希に見つめられ、なんとなく言葉を呑み込んでしまう。すると知希は苦笑いした。

「今なんか言いかけただろ?」

促《うなが》されたからだけじゃなく、知希の「楽しかった」の言葉に勇気づけられる。

「また買いものするのもいいけど、昔に流行ったテレビゲームとか、桧山さんとやったらおもしろいだろうなって」

「ゲーム機、持ってんの？」

「持ってない」

理久の返しに、知希は「なんだよそれ」と笑っている。

「ゲームがなくても映画だったら一緒に観られるんじゃない？　シネコンでも配信でも」

そういえば知希が「古い映画を観るのに嵌まってる」と話していたはずだ。

「桧山さんが言ってた古い映画って、洋画？」

「モノクロ時代の『ローマの休日』とか、九〇年代辺りの『ライフ・イズ・ビューティフル』とか。タイトルは聞いたことあるけど、観てない名作がけっこうある」

「僕もその辺のは観てない。あ、うちで契約してるサブスクがあるから……」

ナチュラルに自宅に誘ってしまったことに気付いてまた言葉に詰まるが、知希は笑みを浮かべて「じゃあ配信で」と応《こた》えてくれる。

「ふたりでちがうサブスクを契約してれば、観られる映画やドラマの種類が増えるな」

「あっ、そっか。そうだね」

誰かと何かを共有するという経験が少ないから、そんなことも言われるまで気付かなかった。

じっと知希を見つめていると、彼に「何?」と返された。プレイのときとちがって、知希の声がことさら甘くやさしく聞こえるから不思議だ。

「桧山さんは、服はどういうところで買う?　ひとりで?　それとも友だちと?」

知希に知ってもらったから、今度は、彼のことをもっと知りたいと思ったのだ。


十八時からの体験授業は、他塾からの乗り換えを希望している高校一年生の女の子だ。都内の私立高校名と、『小谷《こたに》ゆりな・十六歳』『苦手科目は国語』と書かれた用紙、直近で行われた定期テストの答案用紙を受け取った。

「理数系は前の塾でもよかったんですけど、国英があまり……と思ってるときに、こちらの塾の評判を聞いたので」

付き添いの親御さんの言葉に、理久は「わたしは文系担当ですが、数学も受講希望であれば理数を得意とする講師が担当しますのでそちらもご安心ください」と笑顔で返した。

国語・英語の成績アップをめざし、さらに来《きた》る大学受験に備えなければならない。今日はとくに不安に感じているという二教科の個別指導を本人に体験してもらった。

「定期テスト対策と同時に、過去問から出題する演習を週に一時間でもいいから取り組むのがいいかもね。分からなかったところを個別指導でフォローできるから」

九十分間の体験授業が終わり、母親が待つ応接室にゆりなを案内しようとしたところで、講師ルームから出てきた知希と出くわした。

理久の隣で、ゆりなが「あっ」と声を上げる。知希も立ちどまった。

「……桧山先生じゃん。この塾にいたの？」

「あぁ、講師をやってるよ。おお、桜堂《さくらどう》高校に受かったのか。がんばったな」

知希の返事に少し間があったのが理久は気になりつつ、「ふたり、知りあい？」と問いかける。

「俺がここに来る前に勤めてた塾の生徒さん」

「担当は他の先生だったけど、数学をたまに見てもらってたんだよね」

知希とゆりなの説明に、理久は「あぁ、そうだったんだ」とうなずいた。

「桧山先生、受験直前の十二月に急に辞めたから、残念がってた子いっぱいいたよ。同じタイミングで千咲《ちさき》も退塾したしさ……」

ゆりなの口から出てきた『千咲』の名前に、知希の表情が変わったように見えた。ゆりなのほうも、知希の反応を窺《うかが》っているようだ。

「受験直前に急に消えてごめんな」

「ほんとだよ～」

すぐにいつもの知希に戻ったが、なんとなく引っかかる。

知希が前の塾を辞めた理由を詳《くわ》しく訊《き》いていない。今の塾が正社員で雇用してくれたからだと思っていたが、受験前に辞めたなら少し時期がずれている。

何か抜き差しならない理由があったのだろうか。

ふたりの会話も途切れたので、理久が「桧山先生は数学の個別授業を主《おも》に担当してるけど、ついでに英語も見てくれたり、オールラウンダーだから」と話を振った。

「じゃあ、またこちらでお世話になるかもしれないので、よろしくお願いします」

ゆりなの明るい挨拶を受けて、知希も「ぜひ、入塾のお申し込みを」とセールストークで締めくくる。

去り際に知希が理久に向けて笑みを浮かべてくれたが、ふたりの会話がなんだか気になる。

——訊いたら……話してくれるかな。

知希のうしろ姿を見送りながら、理久は胸がざわつく心地だった。

体験授業が終わって親子を見送ったところで、隣に立つ塾長に「皆河先生、最近ノってますね」と肩をぽんとたたかれた。

「え？　ノってます……か……？」

理久が目を大きくすると、塾長から「さっきの個別指導も端《はた》から見てたけど。生徒に朗らかに接するけど決して軽くないのが、皆河先生のいいところ」と褒《ほ》められて恐縮する。

「それに桧山先生が担当してる生徒さんの指導方針、授業計画のフォローもしてくれてるでしょ。同じ年齢の講師同士で切磋琢磨《せっさたくま》していい雰囲気ですねって、他の講師たちとも話すんだよ」

「桧山先生が気さくに声をかけてくれるから、わたしとしても楽しくやれてます」

「皆河先生もなんか困ったことがあったら、いつでもわたしや他の講師に相談してね。不登校でうちに通ってるとか、対応が難しい生徒さんを皆河先生に担当してもらってるしね」

塾長の励《はげ》ましに理久は「はい」とうなずいた。

もともと自分の仕事をしっかりしていればいいという考えでいたので、人を頼るとか、逆に頼られるということにならなかったのだ。自分を護《まも》る透明のバリケードの中にいる気分だったが、最近そういう意識が薄らいでいるのを感じる。

——桧山さんが鍵を開けて入ってきたんだ。

壁をぶち壊すとか、土足で踏み込むのではなくて、プレイでも仕事でも、知希は理久の反応をちゃんと待ってくれるから。

それに多少のストレスはあっても、土曜の夜が待ち遠しい気持ちで仕事をがんばれる。

自分でも気付かないうちに、知希とのかかわりで日常まで変わっていたのかもしれない。だめなところもまるごと受け入れてもらえる安心感が心の余裕につながって、他人の目に変化として映ったのではないだろうか。

――今日、不登校の生徒さんに「塾で勉強してるからテストの点はいいし、まじで学校に行く意味ないよね」って言われて返す言葉に詰まったこととか……桧山さんの意見を訊きたいな。ビジネスライクに「そうだね。これからもきみをサポートするよ」と答えても良かったのかもしれないが。塾講師として、生徒にどこまで踏み込んでいいのか迷うことはある。

――桧山さんだったら、どう答えるんだろう……。

知希にならそういう相談だってできそうだ。仕事の不安や悩みを打ち明けたとき、一緒に考えてくれそうな気がする。

知希ともっと話したい。

仕事もプライベートのいろんなことも、彼の傍で知りたい。

体験授業を受けた小谷ゆりなが、さっそくその週の金曜日から入塾となった。

少人数の教室で行う演習を取り入れつつ、国語・英語は理久が個別指導を担当する。数学は知希とは別の講師が担当するらしい。

ゆりなの最初の英語の授業は、今日の十七時半からだ。

登塾する前になんとなく気が向いて、品川《しながわ》駅近くのカフェにひとりで立ち寄った。知希が泊まった日曜の朝に、「ここの生ハムサンドがうまいよ」と誘われて入った店だ。

これまでは外で食べて登塾する気にならなかったが、カフェのテラス席で、少し仕事をするのもいいなと思ったのだ。

知希は「たまにここでランチして登塾してる」と話していたが、今日は見当たらない。偶然会えたらと思って来たけれど、だったら誘えばよかったのでは、と今になって考える。

電車に乗っているときも、大崎《おおさき》駅でドアが開くと、そこから知希が現れるかもと期待したり、降りた品川駅でも人混みの中に姿があれば声をかけよう、と思っていた。

そんなことばかり考えるなんて、なんだか変だ。変だけど、そわそわとして楽しい。

ランチ後にノートパソコンを広げ、塾の生徒と保護者に向けた指導報告書を作り終えたところで、二人掛けのテーブル席に座るニット帽《ぼう》の男と目が合った。

――……どこかで会ったことある人……だな?

向こうもこちらを見ている。理久ははっとした。手の甲に入った二羽のつばめのタトゥーが印象的だ。

――ハプバーの受付の人じゃないかな。

店に行くたびにTバックを買ったり、手首につけるシュシュやノベルティのコンドームを受け取ったり、注意事項の説明などしてフォローしてくれるスタッフで、あの店で何度も顔を合わせている。

思わずじっと見つめてしまったために、相手も理久の視線に再び気付いたようだ。理久が会釈すると、相手は苦笑いを浮かべる。

「あ……あの、エク……、バーの……」

ハプニングバーの店名を言いそうになった理久に、相手が慌てて「言わないで」というように人差し指を口にあてる。意味を察し、理久が「どうも」とだけ挨拶《あいさつ》すると、男はとうとう肩を震わせて笑い始める。

「ちょっとだけそっちに行ってもいい?」

相席を求められてノートパソコンのラップトップを閉じ、テーブルの書類を片付けた。男はマグカップを持って移動し、理久の向かいの席に腰を下ろす。

「こういうところでは知らん顔していいのに。特殊《とくしゅ》なバーなんだから。気付いていても俺のほうから声をかけたりはしません」

「あ、ごめんなさい、なんか……気遣いを無駄にしてしまって」

「いえいえ、ミクリさんがよければ俺は問題ないけど。ここ、誰かと待ち合わせとか?」

いろいろと濃《こま》やかに気を遣ってくれるが、理久は「あと三十分くらいで仕事に行くだけ」と答えた。

「スタッフさんは? お休み?」

男は「俺も仕事の前に軽くランチ。『つばめ』でいいですよ」と手の甲のタトゥーをこちらへ向けて見せる。

「ミクリさん最近、店に来ないね。あの暴君とのプレイのあと、から、かな？」

以前は月に二、三回ほど足を運んでいたが、つばめが指摘するとおりだ。理久は笑みを浮かべただけだが、「まさか、あの暴君とつきあってるとか？」と早合点されてしまった。

「つきあっては、ないけど……毎週末に会ってる」

「プレイはしてるんでしょ？」

「……してる」

テラス席にはふたり以外の客は少し離れた席にいるとはいえ、内容が内容なのでどちらも声は抑《おさ》えめだ。

「まぁ、うまくいってるってことじゃん。それでうちに来なくなったわけだ。なるほどね」

つばめはうんうんとうなずいたものの、理久の顔を覗き込んで「ひどいこととかされてない？」と心配げに問うので、慌てて「されてない」と答えた。

「ああいう危険性のあるプレイって、ふたりきりだと度を超しちゃうことあるからさ。ミクリさんってなんか心配なんだよな。店でどういうプレイがしたいのって訊いても、本心をなかなか口にできなかったでしょ？」

訊かれたのはハプニングバーに三度目の来店時だ。いつもただ飲んで帰るだけの理久に、つばめが「相性のいい人を引き合わせてあげるから」と気を利《き》かせてくれたのに、そのときは正直に答えられなかった。

それからしばらく経ち、同じ質問を今度は『アンケート用紙』でされて、ようやく飛び降りるような気持ちで『犯されたい』と書き込んだ。

「うん……でも、彼の前では、思ってることをわりと言えてると思う」

自分比ではあるものの、知希にだけ明かしていることだってある。それに伝えるべきことを我慢しているわけじゃない。

つばめは「そっか」とうなずき、納得したようだ。

「あ、そうだ。あの『子猫ちゃんパーティー』はミクリさんのための企画だったけど、好評だったからまた同じイベントをやるんだ」

つばめが「店内掲示用のビラ」とリュックから出したのは『犯されたい子猫ちゃんパーティー2』のチラシだ。イベント開催日は来週末となっている。

「今回はプレイできるスペースを増やす予定。あの暴君とつきあってないってことだし、よかったらまたお店に遊びに来てよ。いい出会いだってあるかもよ」

チラシを受け取ったものの、知希以外の人となんて今は考えられない。

つばめは理久の顔を見て「よっぽど嵌まってんだね」と眉根《まゆね》を寄せて苦笑いすると、「じゃあね」と手を振って去った。

――嵌まってるというか……そんな軽いものじゃない気がしてる。

チラシを見ても、好奇心は湧かない。出会いやワンナイトのプレイを求める人たちが集《つど》うバーへ行くのは、知希を裏切るような気持ちさえある。

――桧山さんは、そんなふうに思わないだろうけど。

自分の中にあるこのやけに重たい気持ちをもし知希が知ったら、どういう顔をするだろうか。土曜の夜にプレイするだけの関係以上の感情も気遣いも、知希には邪魔なものなんだろうというのは、これまでに何度か感じたことがある。だから、仕事や普通の会話のときはやさしいけれど、理久が今の想いを仄《ほの》めかしたとして、「どうでもいい」みたいな冷たい反応が返ってきそうだ。

それを勝手に想像するだけで、理久は胸が痛くなってしまうのだった。

ゆりなのはじめての英語の授業が終わったあとに高校三年生の演習を担当し、講師ルームに最後まで残っていたのは理久と知希のふたりだ。

「皆河先生、俺もう終わるけど、まだかかります?」

斜向かいの知希に声をかけられ、理久は「あと十分くらい」と返す。

「きのう夜中に横浜家系《よこはまいえけい》ラーメンをテレビでやっててさ。それからずっと食べたくて」

「あ、それ僕も見た。目黒《めぐろ》のだよね、うずら増しの。おいしそうだった」

「行こうよ、今から」

知希に誘われて、理久は笑顔で「うん」と返した。

仕事を終えて向かうと、テレビの影響か、件《くだん》のラーメン店は二十二時過ぎでも少し並んだ。けっこう遅めの時間に、自分ひとりだったら食べないような太めの麺《めん》にこってり濃厚豚骨スープが絡むラーメンを、ふたりともほうれん草とうずら増しでオーダーした。

店を出て、知希が「家まで歩いたほうがよさそう」と言い、ふたりで苦笑いする。

「でもおいしかった」

「皆河さん、ラーメンよりパスタ食べてそうだから、どうかと思ったんだけど」

「どっちも好きだよ」

知希が「ガム噛みたい」と言うのでコンビニに立ち寄り、お茶も買って、とりあえず五反田《ごたんだ》方面へ向かって歩く。

「皆河さんちまでだと、二十分くらいかな」

「桧山さんはさらにプラス二十分くらいだけど、ほんとに歩く？」

「途中でいやになったらタクる」

「それじゃ歩く意味ないよ」

なんとなく離れがたいのもあって、電車に乗りたくない。

スーツの上着を脱いでいても寒くも暑くもない気候で、このまま歩きながら話したい気分だ。

スマホでマップを確認しながら、首都高の下をくぐり、その先の静かな夜の住宅街を進む。

「桧山さん、小谷ゆりなさんの数学の個別指導、担当しなかったんだね」

今日、塾長から聞いたのだ。知希のほうから「他の講師に」と辞退されたと。

「あぁ……うん。前の塾の生徒さんだし、俺が担当するより他の講師のほうがいいんじゃないかなって」

理久は「そっか」と返したが、月曜日に行われた体験授業の際の、知希とゆりなの会話がずっと気になっている。辞退した理由が他にある気がしてならない。

「あの……訊いていいか分かんないんだけど、前の塾を辞めたのって……」

理久が話を切りだすと、知希が一瞬目を大きくして、「あぁ……」と笑った。

「前の塾を急に辞めた理由、だよな」

「うん……あの、話せる内容だったら。なりゆきでその会話を聞いてしまったから」

ふたつの革靴《かわぐつ》の音がやけに耳につく。理久は少し緊張していた。

「皆河さんには話すよ。お察しのとおり、あんまりいい話じゃないけど」

そうして知希が明かしてくれたのは、ゆりなとの会話にも出てきた『千咲』のことだ。

「俺が塾の生徒に手を出した、って噂《うわさ》がひとり歩きしてしまって」

担当していた中学三年生の高井《たかい》千咲に好意を持たれ、「桧山先生にキスされた」などとありもしないことを吹聴《ふいちょう》された結果、事実無根だったが自主退職したとのことだった。

「生徒との関わり方には注意してても、塾講って学校の先生より心理的にも物理的にも距離が近いから……何年この仕事してても難しい」

親身になって寄り添う仕事だが、相手が特別の好意と受け取ってしまうのは珍しい話ではない。理久自身も、担当している女子生徒から告白された経験がある。丁寧に断っているけれど、いつそういうトラブルに巻き込まれるか分からない。

子どもに限らずだが「こうなるといいなあ」という願望を、すでに起こった事実のように語る人はいて、本人が妄想《もうそう》だったと弁明してくれない限り無実の罪《つみ》を負うことになってしまう。『塾講師が女子中学生に手を出した』と噂になること自体が、講師はもちろん学習塾側にも大きなダメージだ。女子生徒に悪気はなかったのかもしれないが、そんな大問題に発展することまで想像しなかったのだろう。

「辞めれば非を認めたことになる、っていう怖さもあったけど、塾に迷惑かけてたし。十二月に辞めて、正社員で雇ってくれるところを探して、三月に今の塾の面接を受けた。でもほんとに俺は指一本ふれてない。気を持たせるようなことも言ってない。塾外で連絡を取りあったりも、もちろんしてない。他の生徒と分け隔《へだ》てなく接してた」

知希がまじめな顔できっぱりと語る内容に、理久は「うん、分かってる」とうなずいた。知希の生徒との向きあい方に、理久としても疑問を感じたことはない。

「小谷さんはあまり気にしてなさそうだったね」

「虚言《きょげん》だったと分かってくれてる子もいた、ってだけだと思う」

そういう辞め方をしたなら、誤解したままの人のほうが多いのかもしれない。塾側が蜥蜴《とかげ》の尻尾切りよろしく護ってくれなかったということだろうが、なんともやりきれない気分にさせられる話だ。

「生徒の母親が塾に乗り込んできたりして、当時は俺自身、被害者意識が強かった。塾側から接見を止められてることに、ちょっとほっとしてたところもある」

「まともに話し合いができない状態だったんだね」

これ以上おおごとにしたくないという塾の思惑もあっただろうし、会って話せばすんなり誤解がとけるという状況ではなかったのだろう。

「受験シーズン直前に逃げるように辞めたから、担当した生徒さんを最後まで見守れないのはほんとに心残りだった」

「そうだろうね……。でも、そういう事情ならしかたないよ」

進学・学習塾の講師は志望校に合格させるのが仕事で、生徒とともに目指す大きな目標なのだし、ゴール目前で梯子《はしご》を外されてやるせない気持ちになっただろうと想像できる。

「俺の中で『そんなこともあった』っていう過去になってたけど、小谷さんからあの子も退塾したって聞いて、あんな辞め方でよかったのかなって、今になって思う。俺は困難から逃げても、おとなだから、自分のことは自分でどうにかできるけどさ」

相手は高校受験を控《ひか》えた中学三年生。思考力や判断力が成熟していない未成年だ。

志望校に合格し、さらにその先を見据えて高校生活を送っているゆりなに再会したから、なおさら知希は千咲のその後が気になったのかもしれない。

「あの子がちゃんと前を向いて進めてたらいいんだけど」

だけどもう、それは分かりようがないから、願うしかない。

遠くを見つめる知希の横顔に、理久は「そうだね」とうなずいた。

「話してくれてありがとう」

「こっちこそ、変な噂話がよそから耳に入る前に皆河さんに話せてよかった。今の塾で講師を続けたいと思ってるし、前以上にいろいろ気をつけるよ」

話しにくい内容だっただろうに、自分にだけ打ち明けてくれたことが、信頼されている証《あか》しのように思えてうれしい。

「あの……僕も桧山さんに聞いてもらいたい話があって」

理久が切り出すと、知希は少し驚いた目をして「うん」とうなずいた。彼が驚くのは、いつも受動的な自分が、悩みを人に相談するような場面を見たことがないからだろう。

「不登校の中二の生徒さんから『塾で勉強してるからテストの点はいいし学校に行く意味ないよね』って言われて困惑したんだ。『塾講師としてフォローするから、がんばって』って答えたんだけど。塾より学校を下に見てるようにも感じたし」

「あぁ、なるほど、皆河さんが本当に言いたかったのは『塾講としてはフォローするけど、学校もがんばって行ってほしい』だよな。でもその生徒さんには通じてないだろうね」

「答えの解釈《かいしゃく》を相手に任せるっていう、ずるい答え方をしてしまった」

だから、ずっと胸に引っかかっている。

「桧山さんだったら、どう返す？」

知希は「ん……」とほんの数秒、夜空を見上げていた。

「『学校に行くのは無意味ではないし、受験のためにもとりあえず行っとけ。でも塾も辞めないで！』が俺個人の本音だけど」

そんな前置きをする彼に、理久もうなずいて一緒に笑顔になる。

「学校の授業スタイルが合わない子もいるからね。学校に行かなきゃ社会に出られないわけじゃないし。『塾講師として、これからもきみをサポートするよ』でいいと思うけどな」

「学校に行かないっていう選択をするリスクはあるよね」

「でも俺たちは塾講だから、その立場で味方になってあげたらいいと思う」

知希の「味方になって」という言葉に、理久は「あ……そっか」と納得した。

「その子は学校へ行かない自由を選択するリスクくらい分かってるだろうし、そんな正論が聞きたいわけじゃないんだと思う。正しいことが何かより、それを選んでも味方はいる、ってその子が知ってくれたらいいかな」

知希のやさしさはこれだと思う。

受け入れてくれる人がいる。受け入れてくれる場所がある。彼はそれを示してくれる。

知希の横顔をじっと見ていたら、彼がこちらを振り向き、「何？」と、にっと笑った。

「桧山さんみたいな人と、僕も中学生の頃に出会いたかった」

「え？　中学生の頃なんて普通にクソガキだったよ。皆河さんは、一生懸命に『いい子』だったんだろ？」

「うん。普通に『いい子』でいようとしてた。今でもそういうところ、ある。でも桧山さんの前ではそんなふうにはがんばってない」

「わがまま姫だもんな」

知希の言い方に笑ってしまう。

「ごめんね。いつも」

「俺はそれさえもかわいいと思ってるから、いいけど」

面倒くさいと思われてもしかたないのに、それをかわいいだなんて。

知希にはじめて言われた。その言葉がことさら甘く聞こえて、頭の中で反芻《はんすう》すれば、彼には好意的に受け入れられていることがうれしくて頬がゆるんでしまう。

「ところで話は変わるけど、古《いにしえ》の映画鑑賞会はいつにする？」

そういえば、配信で観ようという話をしただけでとまっている。

「休みの日とかなら、ぜんぜんいつでも」

「あ、ほら、こういうときもなんか微妙に躱《かわ》されてるかんじがする答えってどうなんですかね、皆河先生。俺は『今週の日曜はどう?』とか具体的な話がしたいんですよ」

不登校の生徒に「ずるい答え方をした」というさっきの話に引っかけながら知希に詰められて、理久は「躱すつもりはなかったんだけど……はい」とはにかんでうなずいた。

「今週の日曜、空《あ》いてます」

「サブスクでもいいけど、シネコンでもいいよ。買いものでもいいし、ランチしてもいいし」

「ランチするところはあんまり詳しくないから、桧山さんをあてにしていいかな」

この許される心地よさの中に、かなうなら一生浸《ひた》っていたい。知希がずっと傍にいてくれたら、どんなにいいだろうか。

そんな話をしているうちに、あっという間に自宅近くまで来てしまった。

二十三時半過ぎ。離れがたいかんじはまだ続いている。

知希とのプレイは好きだ。合鍵を渡したため、昨晩も「急に来るかも」と密かに待っていたなんて、彼は知りもしないだろうけど。でも今はそういう快楽じゃなくていいから、ここでさよならしたくない。

「じゃあ、ここで」

分かれ道で先に知希からさよならの挨拶をされて、理久も喉の奥から絞《しぼ》り出《だ》すように「……

じゃあ」と返した。

　恋人だったらこういうとき、当たり前みたいに一緒に過ごすのだろうか。

　空気が抜けていく風船みたいに、寸前まであった甘い気分が萎《しぼ》んでしまう。

　するとなぜか知希が俯《うつむ》いて肩を震わせて笑いだして、「何？」と問うと、彼が顔を上げた。

「皆河さんって、俺の前だとけっこう感情を顔に出すよね。そういうの、めっちゃ舐《な》められてるか、心を開いてくれてるかのどっちかだと思うんだけど。これまでの実績からして、皆河さんは後者だって、うぬぼれてもいい？」

　問われて、理久は笑みをこぼした。あからさまにしゅんとしてしまった自覚はある。

「俺は皆河さんと、仕事でも踏み込んだ話ができて、うれしいなって思ってる」

　知希は少し困ったような口ぶりで、まじめな表情だ。それが暴君のときとも、仕事中ともちがう、素《す》の表情のように見えた。仕事以外の部分で、先に互いをさらけ出してきたから、こういう会話が逆にてれくさいのは彼も同じなのだろうか。

「……うん。僕も、うれしい」

「でも、あともう一歩がたりない」

　そうつぶやいて知希が一歩前へ、理久の傍に歩み寄った。

「ここからまた二十分歩くのもタクるのもダルいです、皆河先生」

　棒読みのセリフに理久は破顔した。

「日曜にどこに行くかの話も途中だし」

知希ももっと話したいと思ってくれている。それを伝えてくれて、理久はようやく自分が同じ気持ちでいるのを許された気がするのだ。

毎週土曜日の夜はプレイする約束だから、日曜日も会うならもしかしてそのまま泊まるのだろうか。なんの映画を観るかまだ話していない。観たいものがバラバラだったら二本梯子したっていい。今度は、知希がよく服を買いに行く店にも連れて行ってほしい。

たしかにこんなふうに、訊いておきたいことはいろいろある。

——桧山さんは「歩くのもタクるのもダルい」って言ったけれど、それって……今日も泊まってくってことかな。

人を自宅に誘ったことがなくて、ドラマで見たセリフしか思いつかない。

「……よかったらうちでコーヒーとか、飲んでく？」

理久が思いきってした問いに、知希が食い気味で「うん」と即答した。


帰宅する前にコンビニへ寄って、どう見ても泊まるための買いものをする知希に「泊まるの？」とは理久ももう訊かなかった。

「スーツに濃いラーメンの匂《にお》いがついてるよね。うちの洗濯機、脱臭《だっしゅう》できるんだ」

部屋に上がって最初に、理久はふたり分のジャケットをハンガーに吊《つ》るして、洗濯機の中にセットした。知希は理久の背後から「へぇ、便利だな」と覗き込んでくる。

「髪にもラーメンの匂いがついてそう」

そう言っていきなりすんっと、知希に髪の匂いを嗅《か》がれて、理久は「ちょっと」と咎《とが》める声で振り向いた。すぐ傍で知希がふふっと笑って、この親密な距離感にどきどきしてしまう。

「え……っと、桧山さん、ジャケット脱いだついでに、シャワー浴びる？」

「皆河さんと一緒に？」

理久は苦笑して「先にどうぞ」と狭い脱衣所を出た。

知希はからかっているだけなのに、勝手に頬がゆるんで、足元がふわふわする心地だ。

入れ替わりで理久もシャワーを浴びて、どうしようか迷ったけれど、うしろも清めておく。

同僚または友だち。今のそんな雰囲気だとプレイにはならないかもしれない。でも可能性がゼロじゃないなら準備しておくべきかと考えたのだ。

プレイにならなくてもいいし——そう思っている自分がいる。

何食わぬ顔で1K仕様のベッドルームに戻ると、知希はベッドに腰掛けてスマホを弄っていて、理久を手招きした。

「映画は話題のやつをシネコンで観る？　単館でもいいよ」

「僕はとくにこれっていうのが今ないから。桧山さんが観たいのは？」

隣に並んで座り、知希が向けてくれたスマホの画面を覗く。

映画の好みを知ってくれている知希が提案してきたのは、ランキング上位のアクションムービーと、話題のジャパニーズホラーだ。

「ホラーはおもしろいと思うけど、僕は椅子から飛び上がるくらいビビリだから、シネコンで観るのはほんとにしゃれにならない。観たあとシャワー中に思い出して怖くなるし……」

知希が「椅子から飛び上がる」とずっと笑っている。

「じゃあ、ホラーは配信で観ようよ」

「桧山さん、人の話聞いてた？」

「観たあと一緒に風呂に入ればいいいんじゃない？」

「…………」

さっきのアレはもしかして冗談じゃなかったんだろうか、などと考えながらひとりもごもごするうちに、アクションムービーの午前中上映分のチケットをネット購入してくれた。

「映画は昼には終わるから、そのあとランチできるし、買いものもできる。……でも、だいじょうぶ？　俺ががんがん決めてるけど」

「映画も楽しみ。それに僕が桧山さんをあてにするって言ったんだし」

それから配信系以外にもどんなサブスクを契約しているか、の話になった。お菓子のサブスクは三回でやめた理久と、コーヒー豆のサブスクを二回でやめた知希とで「こういうのって一回目だけテンションが上がるんだよな～」と意見が一致《いっち》する。

「結局、音楽系と配信系以外のサブスクって続かない」

「僕は本の読み放題はけっこう続けてる。その上に個別でも買うから……」

理久がタブレットを見せると、知希は「皆河さん、マンガめっちゃ持ってるな。意外」と驚いた。

「タブレット持ってから際限なくなって。電子書籍の本棚が十ページ超えたあたりからちょっとやばいなって思ってたんだけど。本の置き場に困らないし、売り切れも歯抜けもないし、便利すぎて買い過ぎちゃうんだよな。流れてくるスマホ広告にもまんまと釣《つ》られる。これとか」

顔を上げたとき、知希にほほえましげな目で見られていた。自然と身体を寄せあっていたことにも驚いて、手元のタブレットを無意味にスワイプさせる。

「急にべらべら喋《しゃべ》って……自分でもキモい」

「キモいとか思ってない。皆河さん文系なのに小説は少ないんだな、とは思った」

「それは大阪出身の人に『大阪人はみんなおもしろいんだろ』ってお笑いネタを要求するくらいの偏見《へんけん》」

知希は「ははっ、そうなんだ？」と笑っている。

「――あ、この辺のマンガ、全巻揃《そろ》ってる？」

「まだ連載中のもたくさんある。桧山さんが読みたかったら貸すよ」

「タブレットを？」

「うちに来たときとか」

「え、じゃあ、入り浸ることになるな」

軽口を叩く知希を、理久はじっと見つめた。

「べつに……いい。他の人だったらいやだけど、桧山さんだったら、いつでも」

合鍵だって渡しているのだ。

本心をそのまま表した言葉に、知希が目を大きくした。理久は身の置き所がなくなって、眸《ひとみ》をうろうろさせる。すると知希がため息をつくように笑った。

「皆河さん……さっきからずっと、かわいすぎんだけど」

知希は笑っているのにどこか苦しそうな顔つきだ。だから目を逸《そ》らせない。

すると笑うのをやめた知希の顔が近付いてきて、あっと思ったときにはくちびるが重なっていた。目を開けたまま短くふれあって、そっと離れる。

ゲームセンターでキスプリを撮ったときも、頭がオーバーヒートしたようだった。今も思考回路がいきなり遮断《しゃだん》されたみたいに、言葉がひとつも浮かばない。

息がかかりそうな距離で互いを短く窺い、理久は知希の目を見て、またキスするんだ、となぜかそれだけは分かった。だからほんの一ミリほど、知希のほうへ身を寄せる。

理久が目をつむるのと同時に、再び知希のくちびるが重なった。

してほしいと思ったことがかなうのは、こんなにうれしいものなのか。

ノックでもするように軽くふれてから、次に深く押しつけられた。胸がぎゅっと軋《きし》めいて、まぶたの裏側が白くスパークする。

キスはただくちびるを重ねるだけじゃないんだ――分かっていたけれど、まともに経験がなくて本当には分かっていなかった。

知希が啄《ついば》むように何度もふれてきて、「いやじゃない？」「だいじょうぶ？」と訊かれているように感じる。だから理久も「してほしい」という気持ちでそれに応えた。

重なる角度を変え、薄い皮膚《ひふ》同士がこすれあって、背筋が震える。

――キス……気持ちいい……。

くちびると歯茎の間を濡れた舌が這《は》い、理久はそれだけで鼻声を漏らしてしまった。

くちびるをしゃぶられ、ほどけたところに、知希の弾力のある舌が歯列を割って入ってくる。

「……ん……ふっ……」

知希はキスくらいふざけてできるような人だ。かたや自分はふれあう以上のキスの経験なんてないから、されるがままになってしまう。

舌がこすれ、絡みあい、口蓋《こうがい》や舌下《ぜっか》、頬の内側を嬲《なぶ》られると、頭の中がとろとろの白いシロップでいっぱいにされていくみたいだ。濃厚で、痺《しび》れるくらい甘くて、目眩《めまい》がする。

ふいにくちびるが離れて、目で後追いしてしまった。それに気付いた知希が楽しそうに「ふふっ」と笑いを漏らす。残念がっているのが、顔に丸出しにちがいない。理久としてもその思いを隠そうとはしなかった。

「皆河さん、キスはやなのかと思ってた」

それはこっちのセリフだ。プレイ中にキスをするつもりはないのだろうと思っていたが。

再びくちびるが重なって、理久はわずかな戸惑いとともに受けとめる。

あの日のキスプリをきっかけに何かが変わった——そんなことを考えている間に、ベッドに押し倒された。

上から覆い被さられ、彼のあまり温度を感じない目つきで見下ろされる。

暴君との『犯されるプレイ』が始まるとき、いつもなら腕を縛《しば》られるとか、動けないようにうつぶせにされたりする。

ところが仰向《あおむ》けの理久に、彼が添い寝する格好になった。「え？」と目で問うが、知希は答えてくれない。無言で脇腹をなで上げられ、理久は身を捩《よじ》らせる。

知希の手はカットソーの上を滑《すべ》り、指先で乳首《ちくび》を捉《とら》えるとそこでとまった。布越しに押しつぶしながら転がされて、彼の指が動くたびに、びくっびくっと不様に身体が揺れてしまう。

「……く、くすぐったい」

「前にさわったときより、反応いい。あのとき皆河さん、乳首を弄るうちに寝落ちしたよな」

カットソーを捲《まく》られ、今度は直接指でふれられる。ビーズほどの小さな粒《つぶ》をつままれ、くるくると転がされると、これまでにそこで感じたことがないような痺れが突如《とつじょ》湧いた。すぐ傍で反応を窺っていた知希がうれしそうに、頬にキスをくれる。蟀谷《こめかみ》や耳にも、グルーミングみたいなキスが続く。

「え？」

いつもとちがう。暴君にはこんなふうにされたことがない。それははっきり分かる。

理久が困惑する間に、知希が上半身を起こし、しこってきた乳首に顔を寄せてそこを口に含んだから驚いた。

「何っ……、ひ、桧山さ……」

反射的に抵抗しようと出した手首を摑まれ、ベッドに押さえつけられる。でもプレイのときとはちがう、やさしい強さだ。

乳暈《にゅううん》ごと吸われ、乳首を舌先でつつかれたり、転がされたりするうちに、理久は息を弾《はず》ませて喘《あえ》いでいた。

「……んっ……あ……はぁっ……」

前にそこをさわられたときはとくに何も感じなかったのに、今は別物になってしまった気がするほど甘美な痺れが走る。

「皆河さん……ここ、感じるようになってる」

自分で試しに弄ってみたときも、なんともなかった。ところが今は、吸われて、そっと嚙まれるなどすると、何かのスイッチでも押されたみたいに電気が流れるかんじがする。

唾液《だえき》で濡れた乳首を爪でくすぐられたら腰が勝手にゆれるし、理久は自身の変化に戸惑った。

「……今まで、知らなかった？」

「し……知らなっ……」

知希の声が耳の奥でやさしく甘く響く。その彼の声はどことなく楽しげだ。

耳殻《じかく》や耳朶《じだ》を嬲られて、理久は悲鳴のような声を上げた。

「……っ、はっ……はぁっ……っ……」

興奮した息遣いとどうしようもなく甘ったるい声が漏れる口元を手で隠すのも、知希にとめられる。

「抑えようとして漏れた声、俺は好きだけどな。かわいくて、やらしくて」

やっぱり知希のさわり方がいつもとちがう。話し方も、素に近いのではと感じる。

つないだ手にやさしく絡んでくる知希の指を、理久は啞然《あぜん》と見つめた。

暴君とのプレイのときは、もっと手荒に扱ってくれるのに。これはまるで愛撫《あいぶ》だ。

「ひやっ……桧山さんっ……んぅっ……！」

指で乳暈をつままれ、耳朶をねっとりとしゃぶられて耳孔《じこう》に舌を突っ込まれたら、はしたなく腰が跳ねる。早くこっちを気持ちよくしてとおねだりするみたいだ。

誘うようにゆるく勃《た》ちあがって揺れる理久のペニスを、知希が摑んで慰《なぐさ》め始《はじ》めた。

雁首《かりくび》が指の輪をくぐるたび、鈴口《すずぐち》が気持ちよさそうに喘いで、先端は蜂蜜を浴びたみたいに濡れている。興奮した息遣いも抑えられない。

暴君がうしろをひどく犯しながら手淫《しゅいん》してくれることはあった。でもこれはそれとはちがう。自分は今いったい誰に、何をされているのか。

「ひ……桧山さっ……、桧山さん、暴君じゃない。これ、プレイじゃない……」

戸惑う理久の顔を覗き込むようにして、知希がやさしいほほえみを浮かべる。

「うん、プレイじゃない。乱暴にしなくても、皆河さんが気持ちよさそうだから。それに今日は挿《い》れない。あしたふたりとも朝から仕事だし……、今は暴君じゃないから」

「え……？」

「皆河さんがイったら、一緒に眠ろう？」

見つめあったままくちづけられ、手筒を動かすスピードが上がると、快感が膨《ふく》らんで、思考する理性が押しのけられてしまった。先走りでペニスはぬるぬるだ。

舌を絡めあいながら高められるのは、身体がとけてしまいそうなくらい気持ちいい。

彼のくちびると舌が首筋から胸へ肌を這うように滑り落ちる。乳首をしゃぶられて、理久は我慢できずに腰を浮かせて揺らした。その間も手淫は続き、ますます硬く勃起《ぼっき》していく。

知希のくちびるは胸からさらに下へ向かう。臍《へそ》の窪《くぼ》みを嬲られるのも、腰骨をやさしく嚙まれるのも、どこかおかしくなってしまったのかと不安になるほどの快感だった。

信じられないことはさらに続いた。鼠径部《そけいぶ》を口で愛撫され、まさかと思ったが、理久のペニスに知希がくちづけたのだ。驚いた理久が「えっ」と首を擡《もた》げると、目を合わせたまま彼は陰茎を舐め、鈴口から溢《あふ》れる淫蜜《いんみつ》を啜《すす》り、雁首を口に含んだ。

理久はひどくうろたえた。こんなことは、暴君にも誰にも、されたことがない。

「桧山さんっ……！」

のばした手を摑まえられ、なでて、というように知希の頭でリリースされる。ゆっくりと彼の頭が上下し、自分のペニスが何度も呑み込まれる様を、理久は啞然と見つめた。そこから湧くのは、抵抗しようとしたことも一瞬で忘れさせてしまうほどの強い快楽だ。

じゅぶ、じゅぶと卑猥《ひわい》な音を立ててしゃぶられ、先端から蜜が溢れるたび濃くなる性感にちっとも抗《あらが》えない。目をつむるとますます頭の中が「気持ちいい」でいっぱいになる。

それから喉を反らして喘ぐ理久の後孔《こうこう》に、知希が指を挿入《そうにゅう》してきた。硬茎を受け入れさせるための準備とはちがう慰めるようなやさしさで、内襞《うちひだ》をくすぐられる。

「あっ……はぁっ……」

知希の髪を両手でゆるく摑み、理久は腰をぐずぐずと揺らした。

とてもじっとしてなんていられない。後孔の気持ちいいところを揉《も》まれながら、喉を突くほど深く根元まで呑み込まれて、ベッドの上で身を捩る。彼の舌と口蓋と頰の内側の粘膜に、ペニスがきつくこすれるのが気持ちよくてたまらない。

「ひや、まさっ……それ、イく……、イくから……」

いいよと言うように、知希の口淫が激しくなった。

「はぁっ……っ……っ……」

中から胡桃《くるみ》を刺激されて、知希の口の中でそのまま果てる。

長い射精の、残滓《ざんし》の一滴まで呑みほされ、極まったあとの敏感な先端を丁寧に舐められて、その強すぎる刺激に半泣きで身悶《みもだ》えるしかなかった。

もう何も出なくなったのに、知希が放してくれない。ピークアウトして萎《な》えていくものですら、口の中で愛《いつく》しんでいたいというように。

身体がとけてしまいそうだ——理久はそんな深い愉楽《ゆらく》の余韻《よいん》の中で、くたりと脱力した。

目が覚めたら、翌朝だった。

開けっぱなしのカーテンから朝日が入り込んでいるせいで、部屋全体が明るい。

目の前に、同じベッドで眠る知希の顔がある。

——僕、また寝落ちした……?

昨晩の最後の記憶が曖昧《あいまい》だ。知希に「おいで」と呼ばれて、果てたところからベッドの上を這ったことをなんとなく思い出す。

なんだか今、ふわふわの雲の上にいる心地で、向かいあって眠る知希の寝顔を見ていると、胸にやわらかな風が吹いてさざめくようだ。

プレイはしなかった。これまで、暴君とのプレイでのセックスしか経験がないが、挿入されなかったのははじめてだ。

今日は朝から仕事だし、もともとプレイする予定の土曜日だから、理久の身体を思い遣《や》ってくれた。暴君なのに。

――最初から紳士的ではあったけど。でも……そういうことじゃなくて……。

やさしい愛撫をされた。今まで一度も経験がないくらいの、奉仕と呼べるような愛撫。

乱暴にしなくても皆河さんが気持ちよさそうだから――彼はそう言っていた。

思春期の頃からずっと誰かに犯されたいと思っていたけれど、乱暴にされなくても、とけてしまいそうなくらい気持ちよくて、しあわせだった。

「…………」

知希の寝顔をじっと見つめる。ぎゅっと胸が絞られ、声が漏れそうになって、理久は手で自分の口を塞《ふさ》いだ。

雲の上にいるようなしあわせは、暴君とのプレイ中には覚えのない感情だ。

隣で眠る知希を見つめていると、身体の内側からじわじわと滾《たぎ》るような想いが湧いてくる。

――僕は桧山さんのことを……好きになってしまった……?

暴君である彼も、理久にとっては『桧山知希』の一部だ。犯してくれる彼のことも切り離しては考えられないけれど、それだけで好きと感じているわけじゃない。

仕事帰りに「遅い時間だけど、たまにはいっか」とトッピングを二品も追加したラーメンを食べて、夜道を散歩がてら歩いて、悩みを打ち明けあったという、同じ職場で働く者同士なら至って普通のことかもしれないが、理久にとっては何にもかえがたい大切な時間になった。

――ふたりで遊んだときも。心がつながっていくかんじがうれしくて。

塾と自宅を往復するだけだった毎日が、知希とこうなってから、どんどん変わっていく。

――桧山さんともっと話したい。一緒にいたい。これって、暴君だからじゃなくて、桧山さんを好きってこと……。

眠っている知希の顔を見つめているうちになんだかてれくさくなり、理久はそっと離れてベッドを下りた。

時間を確認すると、午前七時前。今日は十時から授業開始だ。からからに渇《かわ》いている喉を水で潤《うるお》しながら、あと三十分くらいしたら知希を起こしたほうがいいかも、と考える。

脱臭のために洗濯機に入れっぱなしだった自分のジャケットを取り出したとき、外ポケットに何か入っていることに気付いた。

中を確認すると、出てきたのは見覚えのない小さく折りたたまれた紙だ。

それを広げて、はっとする。

『happening XYZ《エクシーズ》!』のジッパーデザインのロゴと、『犯されたい子猫ちゃんパーティー2』の文字で、スタッフのつばめがくれた店内掲示用のチラシだと思い出した。どこに捨てようもなくポケットに入れたままだったのをすっかり忘れていたのだ。

「……よかった」

こんなもの、たとえば塾の中で落としでもしたらたいへんだ。

「何が『よかった』の？」

知希の声と同時に、背後から伸びてきた手にそのチラシを奪われた。理久が「あ」と追いかけるが、知希は返してくれず、それに目を落としている。

「……『犯されたい子猫ちゃんパーティー』……」

抑揚《よくよう》のない声で読み上げられ、理久は「それ、ハプバーの受付の子に偶然会って、渡されたんだ」と慌てて弁解した。弁解の必要はなかったかもしれないが、気持ち的に、そうしてしまった。

「……ハプバーに行ったの？」

知希にちらりと一瞥《いちべつ》され、詰問《きつもん》の口調で問われて理久は目を剝《む》く。

「まさか。ほんとに、偶然会って。ほら、前に桧山さんと行った品川のカフェで」

ふたりで行ったカフェに、ひとりで入ったことまで話さなくてはいけなくなったのがちょっと痛い。知希と会えるかもなどと期待していたことは黙っておく。

知希は冷たい目つきで紙に目線を向けたまま「ふぅん……」と、不機嫌そうな声だ。

暴君に操《みさお》を立てるつもりなのは自分だけだと思っていた。でも彼も「暴君である自分を差し置いて、プレイ相手が他の暴君を求めたら気分が悪い」ということかもしれない。

「皆河さん……来週末のコレに行くつもりだった？」

「えっ、行かない」

「チラシ捨ててないじゃん。……まぁ、皆河さんは、犯してくれる暴君が好きなんだもんな」

どういう意味だろうか。思わず言葉に詰まる。

理久にとっての暴君は、知希ひとりだ。他の誰かや、同時に何人も欲しいわけじゃない。

理久が黙ったからか、知希が苛立《いらだ》った顔をした。

「皆河さんはまたいつかは、このプレイパーティーに行くんだろうね」

今は知希が自分だけの暴君でいてくれる。

でもいつかはこの狂気じみた関係も終わる——知希にそう言われたような気持ちになった。

この目の前の絶対的な暴君に捨てられたら、飢《う》えた身体が干《ひ》からびる前に完璧な暴君の代わりを求めて、渇きを潤してくれる相手を息絶えるまで探すのかもしれない。

「……いつかひとりになれば、行くかもしれないけど……」

馬鹿正直に返したのは、適当な弁解をしたところで、未来を証明する術《すべ》などないからだ。

でもあなたが傍にいてくれるかぎり行く気なんかない、という意味で返した言葉に、知希は虚無の顔をする。苛立ちでも怒りでも哀《かな》しみでもない。

理久が反応を窺っていると、知希が「ふはッ……」と呆《あき》れたように笑った。

「あっそ。じゃあ、もう行けば？」

知希の言葉が、鋭利で厚みのある刃物となって胸に突き刺さる。その衝撃で、理久はびくっと身体を揺らした。

彼はつまり「他の暴君に犯してもらえばいい」と言ったのだろうか。

あまりの衝撃に立ち尽くし、血の気が引き身体がどんどん冷えていく。

知希は自身のジャケットを取るとベッドルームで身なりを整え、バッグを手に廊下に戻ってきた。

何も言えない理久のうしろを無言でとおり過ぎる。そのまま目も合わせることなく、知希が靴を履《は》くのを、理久は茫然《ぼうぜん》と見ていた。

知希が一度も振り返らず、玄関を出て行く。

「……っ、桧山さんっ！」

呼びとめる声が聞こえたはずなのに、玄関ドアがバタンと音を立てて閉まった。

ついさっきまでのしあわせでふわふわした気分も、何もかも夢だったのだろうか。

今いったい何が起こったのか、理解するまでに時間がかかった。

「……っ……」

世界中の音が消えたみたいに、しんと静かだ。

未来は誰にも分からないなんてくそ真面目《まじめ》なリアリストの弁じゃなく、「一生そんなところに行かない」と言うべきだったのだろうか。でもそうすればこの重すぎる想いを伝えてしまうことになる。

――「いつかは行くんだろうね」なんて……言ってほしくなかった。

だってそれは「俺はいつまでもプレイの相手をしてやれるわけじゃないから」と暴君との関係の終わりを仄めかす言葉だ。

いつかくる最後を知希がどう考えているか、彼を試すためにチラシをポケットに入れていたわけじゃない。でも結果的に、そのことを示されるかたちになった。

――桧山さんに、暴君に、「絶対に行くな」って言ってほしかったんだ。

そしてこの身体を押さえつけ、つないでほしい。

理久はその想いの出所が切なく絞られるのを感じて、軋む胸を押さえる。そこにはもはや、手荒に犯されたいという欲望はなかった。

――桧山さんが欲しい。僕だけのものにしたい。

この想いを信用してもらえないなら、彼の檻《おり》に閉じ込めてくれてもかまわないのだ。

「……うっ……」

泣いている場合じゃない。相手がどうであれ、今すぐ追いかけて、「一生、僕は絶対にどこにも行かない」と訴《うった》えなければ。

部屋着のままで、理久は転げるようにして自宅を飛び出した。

エレベーターを待つ間に、とにかく知希のスマホに電話をかけてみる。呼び出し音は鳴るが、出てくれない。一度切ったものの、あきらめきれずリダイヤルする。

ようやく応答の気配があったが相手からブツッと通話を切られる音がして、理久は泣きそうな気持ちでスマホを耳から離した。「話す気はない」という知希の明確な意思表示だ。

今自分の感情で追いかけても、きっと「話したくないって意味、分かんなかった?」と冷たい目をされるだろう。

エレベーターの扉が開く。

しかし、足が竦《すく》んだように動かなかった。

×　8　×

塾から帰宅して、知希《ともき》はスーツのままベッドに腰掛けた。

理久《りく》の部屋を飛び出した日から、一週間が経《た》つ。

あの日は土曜日で、数時間後には勤務している塾で理久と顔を合わせた。

必要な仕事の会話はする。でも給湯室や休憩所《きゅうけいじょ》に近寄らず、講師ルームでもふたりきりにならないように注意を払う。社会人としてプライベートのいざこざを職場に持ち込むべきじゃない、という至極《しごく》当たり前の常識を自分の中で言い訳にして、知希は理久を避けた。

毎週土曜の夜にプレイするという約束も、日曜日に取っていた映画のチケットも、すべてなかったことにする。週明けに出勤し、視界の隅に映《うつ》る理久が何か言いたげだったが、それも見て見ぬふりをした。

そんな月曜日の退勤後、理久からきた『会って話したいです。返事をください』のLINEメッセージにも既読をつけずに、知希は自宅へ帰る電車に乗った。

以降もかたくなな態度をとり続けた知希を、今日、理久が品川《しながわ》駅で待っていたのだ。

＊＊＊

「ごめん……こういう待ち伏せみたいなこと、よくないって分かってるんだけど」

理久は暴君を引きとめたいからここにいる。だけどもう、暴君にはなれない。なりたくない。

彼の言う「よくないこと」以上に、自分のほうがおとなげない態度を取っている自覚はある。

でもどうすべきなのか考えていくうちに、怖くなるのだ。理久に、暴君という大きな嘘をついているから。

知希が本物の暴君じゃないと知れば、理久を傷つけるだろうし、きっとこの上なく軽蔑《けいべつ》される。そして彼は他の暴君を探すだろう。どうせそうなるなら、黙ったまま自分から離れるほうが百倍マシだ。ずるいけれど、好きな人に憎《にく》まれたくない。きらわれるのがこわい。

「皆河《みながわ》さんとは、仕事以外で会うつもりない」

平坦《へいたん》な声で告げると、理久は瞬《まばた》きを忘れた顔で知希を見てきた。

「俺はもう、暴君にはなれない」

決定的な去り際の言葉に対する反応は待たなかった。

理久はもう追って来なかったが、それでいい。

＊　＊　＊

どうしても離れがたくて泊まった夜、好きという想いをこめたキスや、愛撫《あいぶ》に、理久が応《こた》えてくれたように感じ、暴君ではない素《す》の自分を受け入れてくれたような気がして、しあわせで、だから、愛してほしいと心底から思ってしまった。

心が近付いたように見えても、実際には天と地ほどの距離があり、自分に都合のいい幻影だったと思い知らされる。これまでに何度も。そのたびに、自分は彼にとってたったひとりの暴君なんだと言いきかせてきた。

でも理久は「いつかひとりになれば、暴君を探しに行くかもしれない」と言った。

互いを求めあっているような気になっていたが、彼が求めるのは結局、暴君だけなのだ。

帰宅してスーツのままベッドに座りこんで理久のことを考えていたが、はっと我に返る。

時刻は二十時半。土曜の夜ということもあってなんとはなしに『ｈａｐｐｅｎｉｎｇ　ＸＹ《エクシ》Ｚ《ーズ》！』のサイトを開いた。

サイトトップで『犯されたい子猫ちゃんパーティー2』のバナーが点滅している。知希は慌てて身を起こした。

さっき、品川駅で別れたときの理久の顔を思い出す。暴君はニセモノだと告げなくてもどっちにしろ、自分が彼を傷つけた。

知希に見切りをつけた理久が新たな暴君を求めたとしても、それは彼の自由だ。

そんなことなど分かっているのにぜんぜん納得できていない、身勝手な自分がいる。

嫌な予感とともに、来店予告用の掲示板をタップした。

うまく力が入らない指で、ゆっくりと画面をスクロールしていく。

『ぼくだけの暴君になってください』

ミクリの書き込みを見つけて、知希はスマホを凝視《ぎょうし》したまま固まった。

ポストタイムは今から二十分ほど前。その書き込みに対し、店側の『お待ちしております!』の返信に続き、名も知らぬ暴君たちが『よかったら声かけて』などと自身のスペックや服装など書き込んで、プレイの相手になるとアピールしている。

「……っ……」

こうなると予想できたのに、目の当《ま》たりにすると衝撃が大きすぎて身動きできない。ひどい脱力感と同時に、頭の芯が燃えるようにカッとなって、知希は肩を震わせて小さく喘《あえ》いだ。

理久が自分以外の暴君を求めているという現実を前にして、やっと分かった。向きあうことから逃げている場合じゃないと。

自分がどんなに理久を想っても、彼が求めるのは『犯してくれる暴君』だ。

他の暴君に奪われたくなくて、理久を手元に引き寄せ、留めるために嘘をついた。

だけど真実を隠したままで、本当の自分、桧山《ひやま》知希として理久とつながっていたいだなんて、それこそ虫が良すぎる。彼に腹を立てたり冷たくする権利なんかない。

ニセモノの暴君なんだと真実を伝えて恨《うら》まれるくらいなら、自分から離れたほうがマシだと逃げた。恥ずべきは、謝らないといけないのは、自分のほうだ。

知希はふらりと立ち上がった。

——話そう。皆河さんに、ぜんぶ……！

今度こそ、徹底的《てっていてき》にきらわれるかもしれない。騙《だま》されていたと知れば、許してくれないかもしれない。でも、ぜんぶ明け渡すから、この想いだけは信じてほしい。

知希は部屋を飛び出した。

——頼むから、他の誰の手も取らないでくれ……！

黒レースのアイマスクを着けたどこのどいつとも知れない暴君に奪われるのを想像すると、強烈な吐き気がする。

知希は家路に向かう人たちとは逆に、夜の歩道を必死の思いで走った。

ハプニングバーに飛び込んで、受付のスタッフにいきなり「ミクリは?」と問いかけた。手の甲につばめのタトゥーが入った男は「ミクリさんの暴君じゃん」と目を丸くする。

「ミクリはっ⁉　どこだ⁉」

「えっ……またもめごとは困るんですけど」

険《けわ》しい顔つきの店員を前に、いやな予感がする。

「……今、『また』って言った?」

「だって……ミクリさんを狙《ねら》ってる人、多いからね」

「ミクリはどこ!」

知希の鬼気迫《せま》る顔つきに受付の男は怯《ひる》んだものの、「とにかく入るなら会員証の提示と、料金を支払ってください」と淡々と対応してくる。

壱万円札をカウンターに叩くように置き、「あっ!　ちょっと!　スマホはロッカーに預けろ!」と喚《わめ》かれるのを無視して、知希は人でごった返すフロアに飛び込んだ。

内臓まで響くような重低音のＥＤＭ、そのリズムと連動する妖《あや》しい色のＬＥＤライトが交錯《こうさく》するフロアには、黒レースのベネチアンアイマスクの暴君がうじゃうじゃいる。手首にシュシュをつけた『犯されたい子猫』、プレイを傍観《ぼうかん》するのが目的の客らで辺りはいっぱいだ。

カウンター席に理久の姿はない。知希は人波をかきわけて進んだ。

奥の暗がりのソファー席で、足首にシュシュをつけた『子猫』を押さえつけて複数でプレイしている客が目に入ってぞっとする。でも服装からして理久じゃない。

フロア全体のプレイスポットを見て回って、あとは地下の大部屋と個室しかない。

地下へ下りる階段に向かったときだった。積み上げられたダンボールの陰に足が見える。

いやな予感で汗が噴き出す。知希はそこに駆け寄った。

膝を抱《かか》えて座り込んでいた理久が知希に気付いて顔を上げ、目を見開く。

そこで知希は異変に気付いて顔色を変えた。理久の口の端が赤くなっている。

「どうしたんだ、それ……」

知希の問いに、理久が気まずげに「……こぶしが当たって」と答えた。

腹の底から怒りがこみ上げる。

「殴られたのか⁉　他にケガは⁉」

「……他には、ない」

「何もされてないっ？」

「……されてない。しつこかったから『さわるな』って言ったんだ。そしたら殴りかかってきて。スタッフにその相手は剝《は》がしてもらった。もう店から追い出されてると思う」

理久の服装は乱れていない。

「口元、見せて」

「殴られるのを避けようとしたけど、相手のこぶしがちょっと当たったたってだけ」

理久はしゅんと俯《うつむ》いている。

知希は大きなため息をついて、安堵《あんど》とともに彼の前にしゃがんだ。

「本物の……暴君は簡単に暴力をふるう。暴力で支配しようとする。だから、危ないから来んなっつっただろ。選《え》り好《ごの》みするわがまま姫のくせに、こういうところで男を漁《あさ》ろうとするから」

知希が咎めると、理久は口をむっとさせる。

「漁ってない……桧山さんが僕の話をちっとも聞いてくれずに、一方的に『会わない』なんて言うからだ」

「……だからって」

「僕も悪いけど、桧山さんも悪いと思う」

理久の言い方が子どもっぽいから、張り詰めていた緊張が少し和《やわ》らいだ。

「……悪かったよ。ごめん。LINEも返さずに、おとなげない、いやな態度をとってたし、一方的だった」

理久がじっと知希を見つめてくる。

「……桧山さんは僕に、『もう、暴君にはなれない』って言ったね」

知希は静かに「ああ」とうなずいた。理久が求めるのは知希ではなく暴君だから。だけど暴君のふりを続けることはもうできない。それを『暴君にはなれない』と言ったのだ。

「僕が『いつかひとりになれば、行くかもしれない』って言ったから、桧山さんじゃなくて他の暴君でもいいって僕が思ってるって、誤解したんだよね？　それで怒ってる」

仮定の話、誰にも分からない未来の話でも死ぬほどいやだが、そういうことじゃない。

「だから桧山さんが掲示板を見て、来てくれることに賭《か》けて、来店予告を書き込んだんだ。他の誰かに誘われても、のる気はなかった。試すようなことして、僕も、ごめんなさい」

理久が謝ってくれるが、知希は「ちがう」と首を振った。

「……皆河さんに、話さなきゃいけないことがある」

知希が神妙に告げると、理久はその言葉の意味を探ろうとこちらを窺《うかが》ってくる。

「それ痛いだろ。冷やさないと痣になる」

知希が差しのべた手を、理久が摑んで立ち上がった。

とにかく最悪の展開は免《まぬが》れた。暴力をふるったやつのことは許せないが、制裁は店側がしてくれたのだろうから、知希としては我慢するしかない。

数多《あまた》の暴君たちが好奇の目を向けてくる中、理久の手を引いてフロアを進んだ。他の誰にも渡さないし、指一本ふれさせない。

理久がロッカーに預けていた荷物を取ってくる間に、受付のスタッフに「さっきはすみません」と詫《わ》びて、冷やすための氷を分けてもらう。

「ミクリさんを殴ったやつは屈強なおにいさんにお仕置きをお願いして、即刻出禁にしたので」

つばめのタトゥーが入った店員が、にっこり笑顔でそう報告をくれた。その彼に向かって理久は「つばめさん、ごめんなさい。久しぶりに来て騒ぎを起こして」と詫び、カウンターの陰に置かれた椅子に腰を下ろす。つばめと呼ばれた男は「いえいえ」とほほえんだ。

知希は理久の前に屈《かが》み、ハンカチで包んだ氷を赤くなっているその口元に当ててやる。

「そんなにミクリさんがだいじならちゃんとつなぎとめて、こういう店に来させちゃだめなんじゃない？　スタッフの俺が言うことじゃないけど」

カウンターに肘《ひじ》をついたポーズでこちらを見下ろし、つばめは知希にそう言った。

「ミクリさんってさ、ここで言いたいことの半分も言えないのに、『いや』とか『NO』とか拒絶するのは強めだからひやひやするんだよね」

苦笑いしているつばめのその意見には同感だ。

「……相手のいいようにはされたくないから」

理久がぽつりと返し、知希もつばめも沈黙した。

本心をさらけ出さない代わりに、理久はそうやって自分自身の心やアイデンティティを護《まも》ってきたのだろう。

つばめが来店客の対応に戻ったあと、あらためて理久と向きあう。

「落ち着いた？　だいじな話をしてもいい？」

知希がそう切り出すと、理久はよくない想像をしているのか顔をこわばらせた。

「桧山さんの、話って……何？」

おそるおそるというように理久に促《うなが》されて、知希は傅《かしず》く気持ちで顔を上げ、目をあわせる。

本当のことを打ち明けると決めてきた。

暴君に対して一途な理久の眸《ひとみ》が、不安げに揺れている。

伝えれば理久をきっと傷つけることになる。許してもらえないかもしれない。それを告げてしまうのだと思うと、知希は土壇場で何度も口を開きかけてはためらった。

「……俺、皆河さんの前で……暴君のフリをしてたんだ」

理久は瞬いて「……え?」と訊《き》き返《かえ》してきた。

「誰かを犯したいと思ったことは一度もない。どっちかというと、そういう犯罪含めて、力で相手を言いなりにして押さえつけたりする行為で興奮するとか自我が満たされるようなやつを、軽蔑してたくらいで」

できるだけ自分の考えを包み隠さず、理久に明かした。

「暴力を愛の言い訳にしないし、そんなものは愛じゃないと思ってるから」

理久は丸い空虚《くうきょ》のような目で知希を見ている。

「『犯したいっていう性癖の暴君』って嘘ついてた。……騙しててごめん」

知希の謝罪の途中で、理久が感情を映さない蒼白な顔で立ち上がった。

「みっ……」

知希を強い勢いで押しのけ、理久が店を飛び出して行く。屈んだ格好でど突かれて倒れそうになったが、知希は床に残したままの理久のバッグを摑んで追いかけた。

バーの前の通りに姿は見当たらない。当たりをつけて新宿《しんじゅく》駅のほうへ向かって走る。

いくらかしたところで理久を見つけた。

「皆河さん！」

駆け寄って肩に手をかけるが、それを無言で払いのけられる。

「皆河さん、お願いだから、話を聞いて」

腕や手、肩を摑んでは、かたくなに抵抗されるという押し問答を繰り返し、通りを歩く人たちからちらちらと目線を向けられるがかまわない。

理久の胴体にうしろから腕を回し、明かりの消えたビルのエントランスに引きずり込む。

「放せっ……！」

当たり前だが、成人男性に本気で抵抗されれば簡単に動きを封じることはできない。

そのまま背後から身体を重ねるかたちで圧し、理久をビルの壁に押しつけた。

「こういうのをっ！　軽蔑してるんじゃなかったのかよ！」

「二重規範《きはん》で最低だけど、皆河さんをこのまま行かせるわけにいかない！」

理久の首筋が、背中が殺気立ち、身体に巻きついている知希の腕を引き剝がそうと躍起《やっき》になっている。

彼の全身から拒絶を感じながら、知希は「皆河さん……頼むから……！」と懇願《こんがん》した。

「いやだ！　顔も見たくないっ……」

「皆河さん……ちがうから。皆河さんのことを軽蔑してるって意味じゃない」

「同じだろっ」

「あくまでも犯す側、暴君側の話。俺は倒錯《とうさく》した愛し方を望んでないってこと！」

抵抗が少し弱まったが、理久はまだ逃げだそうとしている。

「僕のことを、変態だって、高みから俯瞰《ふかん》して、ばかにしてたんだろっ」

「ちがうってば……！」

もう「あなたが好きなんだ」と言ってしまいたくなる。

でも今、言い訳みたいにそれを告げるのはいやだった。

「最悪だっ……最悪っ……。恥ずかしくて死にそうだっ……」

理久の肩が震えている。

その身体を、知希はやさしい強さで抱きしめた。

「普通の、まともな人の前で、僕だけ、犯されたがって、よがってたってことだろっ……」

理久が涙声になっていく。とうとう泣かせてしまった。

知希は理久の背中で「ちがうから」と繰り返し、ぎゅっと目を閉じた。

「ひどい……。さぞかし滑稽《こっけい》だったろうな」

「皆河さんのことをそんなふうに思ったことは一度もない」

「おもしろがってた？　それとも、何かの憂《う》さ晴《ば》らしでつきあってくれてた？」

「ちゃんと俺の言葉を聞いてくれるまで、放さないから」

理久が「うう」と呻《うめ》いて、洟《はな》を啜《すす》る。

それから無言の時間が続いた。

いちゃついているように見えるのか、すぐ傍《そば》を歩く人がときどきにやにやして通り過ぎる。

沈黙が十分くらいは続いたかもしれない。

泣きやんだのか、理久の呼吸も落ち着いて、知希はきつく巻きつけていた腕の力を少しゆるめた。理久はあきらめたのか、もう腕の中から出ていこうとしない。

「……皆河さん……こっちを向いてくれる？」

理久は抵抗をやめた代わりに、今度は人形みたいに動かなくなった。

そっと彼の肩を摑んでこちらを向かせる。しかしその目に、知希を映そうとしない。

「どうして暴君のフリをしてまで、俺が皆河さんの傍にいたかったのか分からない？」

もう絶対に放すつもりはない。だから片手で理久の身体を支えたまま、乱れた髪を指で直してやった。頭をやさしく何度もなでると、理久が戸惑うように眸を揺らす。

「俺は……暴君になる前から、皆河さんのことが好きだった」

理久の大きく開かれた目が、ようやく知希に向けられた。

「皆河さんが何を抱《かか》えてるのか知らなかった頃から、仕事仲間として尊敬もしてたし、惹《ひ》かれてて、かわいいなって思ってた。仕事以外のことも友だちみたいに喋《しゃべ》れないかな、個人的に連絡先だって交換したい、なんとか親しくなりたいって思ってた。だから、暴君に犯されたいんだって知って、放っておけなかったし、他の暴君に盗《と》られたくなかったんだ」

理久の心に届けと願い、胸の内を明かす。

理久は濡《ぬ》れた目でじっと知希を見て、静かに話を聞いている。

「皆河さんが、他の、本物の暴君に傷つけられるかもしれない。そんなの黙って見てられない。だからあのバーに飛び込んだんだ。皆河さんが望むなら、俺が暴君になってやるって決めた」

「……………」

「痴漢《ちかん》も暴力もレイプも、最低な犯罪だと思う。皆河さんもそこは同じ考えだよな。でも俺は皆河さんのことが好きだから、合意の上でするプレイに、いっとき独占欲を満たされてた。皆河さんといればいるほど、暴君じゃなくて、俺を好きになってほしいっていう想いが強くなった」

「……暴君としてプレイするの、いやだったんじゃないの……？」

理久の声は硬くて、知希の言葉をひとつひとつ用心深く確認するようだ。

フリとはいえ暴君として振るまっていたのだから、彼がそう解釈《かいしゃく》するのも無理はない。

「いやだなんて思ったことは一度もない。だって俺は、皆河さんのことが好きだから。皆河さんが今は俺じゃなくて暴君しか見てなくても、いつかは、俺のほうを見てくれたらって……そういう期待をずっと持ってた。だけど皆河さんにはぜんぜん通じなくて」

切ない想いでいっぱいになる。

理久の両腕に縋《すが》り、「俺がそもそも暴君だって嘘をついてたから、仕方ないんだけどね」とため息をついた。

「ずっと期待してたんだ。『暴君だから』じゃなくて、皆河さんが俺のことを好きになってくれたらいいのにって。暴君としてプレイするだけの関係を少しでも変えたいって思いで、買いものとかゲーセンデートに連れだしたんだけど、俺が先に皆河さんにまいっちゃって。だってあの日の皆河さん、かわいすぎたから」

摑んでいた理久の腕を自分のほうに引いて、反応を窺う。理久は少々ためらっているものの、いやがるそぶりはみせない。

「ふたりでラーメン食べて帰った日も。皆河さんと、暴君じゃなくて桧山知希として心がつながったような気がしたんだ。皆河さんが、俺を受け入れてくれたように感じた」

理久は眸《ひとみ》を揺らめかせ、それを否定せず、やがて「僕も同じだ」と静かにうなずいた。

そして顔を上げた理久は、何かを強く決意したような目をしている。

「暴君じゃない桧山さんのことも……好きだって思ったし、心がつながってる気がして、うれしかった」

「……皆河さんも……同じように感じてた？」

知希の問いに、理久が視線を交えてうなずいてくれる。

あまりにも欲しいと願っていた言葉を理久から貰《もら》って、なんだか信じられない心地だ。

茫然としつつも、自分もずっと身の内に抑えていた想いを伝えなければと気が急《せ》く。

「皆河さんのことが好きなんだ。皆河さんのことが好きな俺を、見てほしい」

あともう一歩。知希のほうから身を寄せて、理久の身体をそっと包むように抱きしめる。

理久も知希の背中に両腕をもぞもぞと回してきた。理久が応えてくれたその感触に、わっと頭が沸騰《ふっとう》する。

知希の肩口で、理久が「僕もあの買いものデートの日」と話しだした。

「あのときから……桧山さんへの気持ちがそれまでと変わった気がした。暴君に犯されなくてもいいから、またあの日みたいに一日中、桧山さんと過ごしたいなぁって……もっとずっと一緒にいられたらって……」

「……そうなの？」

うれしくて声がうわずってしまう。

「それどころか、土曜の夜以外も、四六時中、傍にいてほしくなって……。僕は桧山さんのことを好きなのかもって……」

理久の告白がうれしくて、少し身体を離し、彼の顔を覗いた。理久は落ち着きなく、眸をうろうろさせている。

「それでも桧山さんに……暴君にさわられると、やっぱり犯してほしくなっちゃうから、僕はどうしようもない変態で、桧山さんが暴君だから、犯してくれるから好きなのかなって。最低だなって、自分の気持ちに自信がなかった。でもプレイしなかった日に分かったんだ。僕は、暴君に犯されなくても、桧山さんに愛されたらしあわせだって、気付いた」

理久の眸がまっすぐに向けられる。

「僕が『いつかひとりになれば行くかもしれない』って言ったのは、桧山さんがプレイに飽《あ》きて相手にしてくれなくなったら、僕はハプバーで桧山さんの代わりを探してしまうかもしれないと思ったから。でもそういうの、馬鹿正直に言うことじゃなかったよね」

知希が「ふふ」と笑うと、理久は「桧山さんがいじわるなこと言うからだ」とぼやいた。

「もう二度と行かせない。行くな」

咎《とが》める知希に、理久は申し訳なさそうな、それでいてうれしそうな顔でこくりとうなずいた。

「僕は桧山さんに『ハプバーに絶対に行くな』って言ってほしかったんだ。おまえは俺のものだろって、独占されたかった。身体を押さえつけて、つないでほしかった」

理久の言葉を聞いているうちに、なんだか、分かった気がする。

「皆河さんが言う『犯されたい』って……、それってそもそも『愛されたい』じゃないの?」

知希の指摘に、理久はただ瞬きをするだけだ。

彼自身、自分でも分かっていないのかもしれない。

「求められたい……が、肥大《ひだい》した結果だっていうのは、自分でも分かってた」

「強く求められたいっていう想いと『犯されたい』が、ごっちゃになってる、とか」

でもその差がよく分からないのか、首を傾《かし》げる。

「うん、『犯されたい』って思っててもいいんだけど、溺《おぼ》れるくらい愛されたいってことでもあるんじゃないかな……」

理久が愛されたいと望んでくれるなら自分のすべてで満たしてやりたい。

「俺ほんとは……皆河さんが溺れるくらいにたっぷり甘やかしたいんだよね。腕の中に閉じ込めて、とろとろにとろける皆河さんが見たい」

知希は理久の頬をなでた。

「好きだよ」

知希の告白に、理久が潤《うる》んだ眸で見つめ返してくる。

何か言いたげな彼に、知希は「ん?」と促した。そうしながら、胸が高鳴っていく。

「……僕も、好きだ……。桧山さんが好き……」

こらえきれなくなり、理久の言葉を奪うようにくちづけた。

やわらかなくちびるを吸い、舌を滑《すべ》らせる。

濡れた上唇を嬲《なぶ》り、歯列を舐《な》めれば、ゆるく開いて知希を受け入れてくれた。

「……んっ……」

理久の舌を誘って、熱い口内で絡ませあう。舌の側面、表面とこすりあわせると、甘い唾液《だえき》が溢れてくる。

このまま食べてしまいたい。知希は彼の舌を吸い、舐めて、やさしく歯を立てた。

「……はぁっ……、ひ、やま、さ……」

くちづけあう最中にぎゅっとしがみつかれて、知希も理久の身体を両腕で支えるようにして抱きしめた。

頭の天辺からつま先まで、全身が理久を欲している。腹の底から滾《たぎ》るような欲望が湧いて、知希は理久を強く掻き抱いた。

くちびるをほどき、鼻先がふれそうな距離で見つめあう。どうにも感情を抑えられず、知希はもう一度、腕の中の理久にくちづけた。背中に回された手に力が籠もるのが伝わり、胸がかっと熱くなる。知希は理久を腕の中に閉じこめて、低く呻いた。

「やばい……今すぐしたくてどうにかなりそう。ちょっと落ち着くまで待って」

くちづけたらとまらなくなるという危機感さえ覚えて、理久を腕に抱いたまま反転し、冷たいビルの壁に背中を預けた。キスだけなのに、胸が大きく上下する。

すぐ横に目をやれば、通行人が往来する通りだということを忘れていた。

理久はとろんとした目つきでおとなしく知希の肩に頭をのせ、ゆったりと身を預けている。

「ホテル行く?」

知希が問うと、理久は「……ホテルって、ラブホだよね」と微妙な顔になる。

「あぁ、皆河さん、苦手っぽい」

知希は笑った。相変わらずのわがまま姫だ。

「苦手だからじゃなくて……僕は、桧山さんとしか、したことなくて、だからラブホには行ったことなくて」

「……え？」

理久の言っていることが一度で理解できなかった。腕の中の理久を茫然と見つめる。

「キスも、桧山さんとしたあの日が、はじめてだった」

「…………」

目の前で火花を散らされたような衝撃だ。知希は瞠目《どうもく》して、一瞬言葉を失った。

「え？　あの日ってどの日？」

「……キスプリ」

「……ちょ、ちょちょちょっと待って……え？　ハプバーでヤったのも、あれが、はじめてだったのっ？」

理久が言いにくそうにして、こくっとうなずいたので、知希はさらに目を大きくする。

「俺、あのときめちゃくちゃしちゃったけど⁉」

「……ずっとひとりでしてたから」

知希は「オーマイガ……」と天を仰《あお》いだ。

「うわぁ……なんか、ごめん、ハプバーに行ってるくらいだから、それは想定外だった……。ええ？　初回から結腸責《けっちょうぜ》めとかし……」

考えれば考えるほど、はじめての人にあり得ないことをしてしまっている。

「……僕も言わなかったし」

「どうしてそんなだいじなこと今の今まで黙ってんの」

「……恥ずかしいよ。それに、はじめてだからって暴君に訴《うった》えても、意味なくない？」

「そのあとでも言えばいいじゃん」

「言うタイミングとかなかった。今さらってかんじだったし」

いきなり暗がりに連れ込んだりしていたのだから、たしかにそうだ。

知希はついに破顔して「まじかよ」と再び理久を掻き抱いた。

「僕の初キス、プリントシールになってる」

理久のそのセリフには、「あはは」と笑った。

「あのとき、てれてたのか」

「桧山さんはふざけてるだけなのに、僕だけ……そんなの恥ずかしいだろ」

「いや、俺だってふざけてないよ。あのときは皆河さんとはじめていちゃいちゃできたかんじがして、気持ちが高まってしまって。それをふざけてると思ってたのかぁ……」

「高校生の頃に彼女とふざけてキスプリ撮《と》ったことあるって言ってるような人に、僕の気持ちなんて」

理久がむすっとしているので、知希はそれさえも愛《いと》おしくなる。

「そっか……皆河さん、とことんかわいいな」

「ばかにして」

「してない。めっちゃ好き」

責めるように睨《ね》められながら、知希は理久に軽くくちづけた。

何度もくちびるをくっつけてキスで慰《なぐさ》めるうちに、理久の表情がやわらかくほどけてくる。

一度くっつくと離れられなくなる磁石みたいだ。きりがない。

知希は「ん〜」と呻き、少し落ち着けと自分自身に唱《とな》えて、理久をそっと抱擁《ほうよう》した。

「これじゃたりない」

すると理久もよしよしと背中をなでてくれる。それでなんだか人心地ついた。

「……皆河さんの部屋まで我慢する」

「……うん」

想いが通じあった歓びと、安堵の気持ちで、ほぅっと深いため息をつく。

「でも、キスだけもう一回しよう?」

知希が誘うと腕の中で理久がはにかんで、ふたりはくちびるを寄せあった。

× 9 ×

理久《りく》の部屋についてすぐの玄関で、目が合って、どちらからともなくくちづけあった。口内を舌でくまなく嬲《なぶ》られて、互いの眸《ひとみ》が溢《あふ》れ出す欲情でしっとり濡れているのを認める。ベッドルームに進みながら、着ているスーツを脱がしあった。プレイするときは服を着たままだったので、素肌をさらけ出すのが少し恥ずかしい。

興奮しているペニスを知希《ともき》の手筒でゆるゆるとこすられるのも、身体のあちこちを宥《なだ》めるようになでられるのも、プレイ中の行為とぜんぜんちがう。

「プレイしなかった日に……桧山《ひやま》さんがしてくれたことぜんぶ、しあわせで、気持ちよかった」

「うん……俺も、しあわせだった」

知希の手の動きを感覚だけで追うと、肌が粟立《あわだ》つのが自分でも分かった。

指先で乳首《ちくび》をくすぐられたら、呼吸が乱れる。はじめてそこをさわられたときはくすぐったいだけだったのに、今は背筋が震えて、膝の力が抜けそうだ。

理久はベッドに背中をつけて横たわった。上衣を脱いだ知希がそこに重なってくる。彼の重みを全身で受けとめると、ほっとして落ち着くのだから不思議だ。

肌と肌が吸いつくような感覚もはじめてで、理久はうっとりと知希の首筋に頬をすりつけた。

知希がその頬にキスをくれる。そのままスライドしてくちびるを塞《ふさ》がれ、くちづけあった。潜《もぐ》り込《こ》んでくる知希の舌をしゃぶり、絡めあう。舌下も頬の内側も上顎《うわあご》も舐《な》められて、理久はひくひくと喘《あえ》いだ。

「……気持ちいい……」

「キス、好き？」

「好き……桧山さんとするのが」

理久は目をつむって、知希がくれるキスを享受《きょうじゅ》した。

くちづけに夢中になっている理久とちがい、知希はその間も身体のあちこちを愛撫《あいぶ》してくれる。太腿《ふともも》の内側や、腰骨、背筋、首筋を手のひらでなでたり、指でくすぐったり。感じるようになった乳首を乳暈《にゅううん》ごとつままれると、ダイレクトに下肢《かし》に響く。そこに知希がくちびるを押しつけ、じんとするくらい吸われた。舌でつぶされ、ひっかかれると、膝をすりあわせたくなるかんじがする。

「んんっ……」

でも知希がペニスにだけふれてくれない。すぐ近くを指がとおるのに、その周りにばかりふれてくる。我慢できない。理久が鈴口《すずぐち》から涎《よだれ》を垂らす自身のペニスに手を伸ばすと、やんわりと押し返された。

「ひ……桧山さ……ん……」

「自分で弄《いじ》るのナシ。してほしいことは言って。気持ちいいって、ちゃんと俺におしえて。どこが好きとか、もっととか、ぜんぶ」

知希の声色も、さわり方も、プレイのときとぜんぜんちがう。

「うう……」

「俺には言えるだろ？」

促《うなが》されて、理久は知希の手を取った。

「こすって、お願い……あっ……っ……はぁっ……」

言葉にすると、すぐにかなえられる。

手淫《しゅいん》の間も、知希は口と手を使って首筋や肩、胸も丁寧に愛撫してくれた。

彼にふれられているところすべてが、やわらかにとろけていく。

知希のくちびるが鼠径部《そけいぶ》を掠《かす》める。下生《したば》えのきわをざりっと舐められて、理久は大きく呼吸を乱した。

「ひや、ま、さんっ……」

知希の高い鼻梁《びりょう》が陰茎に何度もふれる。絶対にわざとだ。頭を擡《もた》げてそちらを見遣《みや》ると、知希に「ん？」と先を促されて、理久は奥歯を噛んだ。

「……舐めて」

「舐めるだけ？　舐めて、しゃぶってほしい？」

「……っ、んっ、し……しゃぶって……。あ……あのときしてくれたみたいに、もっと……奥まで呑《の》みっ……」

お願いしたら、惜《お》しみなく、彼のすべてで奉仕してくれる。

「あぁ……あっ……」

知希がしてくれる口淫に理久は腰を揺らし、喉を反らしてひくひくと喘いだ。

あふれてくる蜜《みつ》を啜《すす》られ、根元まで呑み込まれたら、よすぎて声が跳ねてしまう。

「ひ、やま、さんっ……そこ、とけそうっ……」

知希がペニスを吸い上げながら、深く頭を上下させる。先端の丸みが知希の上顎をこするのも、裏筋に舌を当てられているのも、腰が抜けそうなくらい気持ちいい。強い刺激にあっという間に限界が来る。

「あ……、あぁ……もうっ……だめ、出る……っ……っ……」

尻を浮かせ、震わせ、理久はそのまま吐精した。知希の口内にペニスを呑まれるような感覚が、強烈な快感をもたらす。

脱力し放心しているところに、後孔《こうこう》をほぐすために指が挿入《そうにゅう》された。いつもプラグを仕込むか自分でたんたんと準備していたが、彼がそこにほどこしてくれるのは愛撫だ。

目を瞑り、知希がふれている箇所に意識を向ける。ときどき指が胡桃《くるみ》の膨《ふく》らみを掠めて、じらされて、理久は鼻を鳴らした。受け入れたがる身体が、勝手にほどけていく。

「桧山さん……じらすのいやだ……」

「名前で呼ぶ練習しよっか」

こっちはあまり余裕がないのに、知希はなんだか楽しそうだ。

指先が軽く胡桃にあたった状態でおあずけされ、理久は脚をびくびくと突っ張らせた。じぃんと下腹部に甘い痺《しび》れが走る。

「こら、自分でケツ締めて指に当てようとしてるだろ」

「……い、今の、気持ちいいのがきそうだったのに」

躱《かわ》されてうらめしくぼやくと、知希が「理久」と耳元で呼んだ。名前を呼ばれたというだけで、どきっとする。

「ここに呑み込まれたい。理久の中に早く入りたいな。つながりたい」

知希の指の束《たば》がぬぷぬぷと後孔に沈《しず》んだり浮き上がったりするのを、理久は首を擡げて覗いた。指を増やされて、圧迫感と充足感が増す。やわらかに、どんどんほどけていく。

心の中で彼の名前を呼ぶ練習をして、理久は「知希」と呼んだ。彼が「ん？」とうれしそうにほほえんでいる。

「……僕も……知希のが、欲しいっ……」

理久は知希の熱い肉茎に手でふれた。

性器でそうするように指でピストンされて、リアルにイメージしてしまう。腹の底からどんどん湧いてくる快感に、理久は大きく息を弾《はず》ませた。

理久のほうから知希の手を取って、「挿《い》れて」と誘う。

欲望もあらわに硬く勃ち上がった知希のペニスが、身体の真ん中に押し込まれ、入ってきた。

「……はぁ、はぁっ……あっ……」

何度プレイしたか知れない。でも互いに想いあっているのを実感しながらするセックスははじめてだ。よく知っているはずなのに、最初の挿入《そうにゅう》で強烈に脳が震え、理久は頭の芯が痺れるような鮮烈な快感を覚えた。

「あっ……ふ……、ううっ……」

「理久……摑まって」

抱き寄せられ、理久も彼の首筋に腕を巻きつける。そして抱擁されたまま奥深くまで挿入された。身体を貫かれているのに、なぜか安心してしまう。つながったことで、やっと自分だけのものになったと感じ、想いを受け取ってもらえたような気がするからかもしれない。

くちづけを交わし、ふたりともほっとして見つめあった。

やさしく身体を揺らされて粘膜同士をなじませ、やがて先端が最奥《さいおう》に到達する。

おだやかな波間に浮かんでいるかのような、ゆるやかな抽挿《ちゅうそう》が始まった。

同じ箇所をひたすらにこすられるとじわじわと快感が生まれ、それは分厚く膨らんでいく。

「……っ……ふぅっ……んっ……んっ……」

いつもの乱暴な抽挿じゃなくて、嵩高《かさだか》い雁首《かりくび》で何度もねっとりと抜き差しされる。背筋がぞくぞくする。気持ちいい。息が弾み、くちびるが震える。

浅い位置だけをほぐすようにされたかと思うと、今度は奥まで舐めるような大きなストロークで翻弄《ほんろう》された。

「……あ……はぁっ……あぁっ」

尖端《せんたん》まで硬いペニスが縁《ふち》をめくり上げながら、ぬぷっぬぷっと音を立てて出入りする。それを執拗《しつよう》に繰り返されると、腹の底に濃い快感が積み重なるようで、理久は戸惑った。

身体の中をゆっくり掻き回される緩慢《かんまん》な抽挿だ。乱暴に押し入られてぶつけられるような激しいセックスとはちがう。

理久自身、そういうふうに手荒に犯されるのが好きなのだと思っていた。でも今、自分の身体がまるで水飴《みずあめ》のようにとろとろにとろけていくのを感じる。

「ふ……あっ……はぁっ……ん……」

理久はそのやけに甘い痺れに夢中になった。

「こういうの、気持ちいい?」

「気持ちいい……あぁ……はぁ……ずっと、こうしてたい……」

「ずっと?」

「ずっと、お願い……気持ちいい……抜かないで」

もう二度と離れたくないという想いが膨らんで、抜かないなんて無理なのに、そう願ってしまうのだ。戯言《たわごと》に、知希は「抜かない」と答えてくれた。

甘い痺れが背骨をびりびりと伝い上がる。濃厚な快感が全身に広がり、理久は目を瞑ってそれを深く味わった。

「理久、おいで。やったことないこと、しよう」

知希につながったまま抱き起こされて、彼の膝の上にのる格好だ。

いつも彼にされるがままだったのに、これは自分が動かないといけないらしい。

「俺に合わせて、腰振って……」

戸惑っていたら、知希に腰を摑まれて、前後にゆすったり、上下に動くことをおしえられる。

「……っ……あ……あっ……」

下から煽《あお》るような動きで、中のペニスと内壁がこすれるのがあまりに気持ちいい。

知希に「キス」とせがまれ、揺れながらくちづけあうと一個のかたまりになれた気がした。

全身が隙間なくつながれたような多幸感でいっぱいになる。

最初は知希の手綱《たづな》でコントロールされていたが、理久は自ら腰を振る快感を覚えて、すぐに夢中になった。

「……すごい、気持ちいい」

知希にそう言われてうれしくなる。理久が「僕も、すごく、いい」と応《こた》えてしがみつくと、再び押し倒して覆《おお》い被《かぶ》さられた。今度は知希が主導で動きだす。

「……いちばん奥……に……」

「嵌《は》めてほしい？」

理久が「うん」と答えると、大きく脚を広げさせられ、屹立《きつりつ》を最奥に押し込まれた。

「――っ……」

知希の硬い先端が、奥の襞《ひだ》にすっぽり嵌まっている。奥壁に押しあてて抉《えぐ》るように腰を遣われると、音が遠ざかる感覚と、泣きたくなるような深い快感が同時に理久を襲う。

「……あぁ、そ……れ……、と、とける……」

「とけちゃえ」

「前も、こすって……、奥も、もっと、ぐちゃぐちゃに……あ、あ、すごいっ……」

頭も身体も、腹の底も、ペニスも、知希にふれられているところはぜんぶとろけていく。自分が何を口走っているのかも分からない。

奥を責められるといつも気持ちよすぎて、切ないかんじが胸をついて、悲しくはないのに涙が出てしまう。それを今は知希が手やくちびるで拭《ぬぐ》ってくれる。かわいがられて、許されてるかんじがして、しあわせで、心地よくて、別の涙もこぼれた。

「理久……理久……好きだ。好き。かわいい」

「……ぁっ……んっ……んっ……」

僕も好き、と応えたいけれど、揺さぶられて、息を継ぐのに必死だ。

「理久、中が痙攣《けいれん》してる。イきそう?」

「もっ……、イ、く……イくっ……」

「イって」

身体がびくびくと震えながらこわばり、快楽の大きな波にさらわれる。

理久は声もなく極まって、自身の腹の上に白濁《はくだく》をこぼした。

とろとろとあとを引く長い射精と、後孔の奥に広がる快感もまだ続いている。

「俺も、理久の中でイかせて」

知希の最後の律動《りつどう》が始まると、ゆるやかに下降しはじめていた快楽が再び頭を擡げ、さっきよりさらに深くて鮮烈な快感を連れてきた。

目も眩《くら》むほどに振りたくられ、理久は知希にしがみついた。

知希がうっとりと見つめて、くちづけてくれる。ぎゅっと抱きしめてくれる。

知希に愛されているんだと、すべてで実感できた。

そうして全身をシェイクされるような激しさの最後に、知希が身体のいちばん奥で果てるのを感じることまでも、とてつもなくしあわせに思えた。

愛されてとろけた顔が、もう一生戻らない気がする。

ふわふわの雲の上にいる心地でベッドに寝転がり向かいあう知希の顔をただじっと眺めて、彼も見つめてくれているというだけなのにうれしさがこみ上げ、理久はますます頬がゆるんでしまった。

「何?」

笑っている意味を問われ、ちょっと恥ずかしかったけれど、理久は「しあわせで、うれしくて」と答えた。想いはちゃんと伝えると決めたから。知希にだったら、伝えられる。

「あしたまでずっとこうして見ていられるな、って思うくらい」

そのたとえに、知希が笑みを浮かべて、やさしく髪をなでてくれる。

プレイをしていたときも、知希からこういうふれあいをされて不思議に感じていたけれど、これが彼の本心だったのだと知ると納得した。

知希が身を寄せてきて、包み込むように抱きしめられる。彼の腕の中で前髪をぱくぱくと食《は》まれて、そうされるのがなんだか楽しくて笑ってしまう。そこからひたいと鼻先、くちびるにもいたずらみたいなキスをされた。

「俺ね、理久を腕ん中に閉じ込めて、べたべたに甘やかしたかったんだ。こういうの、いやじゃない?」

「うん……やじゃない」

「でも、ときどきは暴君的なのもしたい？」

知希の問いに、理久は「ん……」と返事に困った。

「いいよ。理久の本音が聞きたい」

だって暴君の知希のことも好きなのだ。それに、これはもう染みついた性癖《せいへき》なので、今すぐ変えることはできないと思う。

「強引に暴君の顔で迫《せま》ってくるときの知希って、やばいくらいかっこよくて、好きなんだ。だから……ときどきはしてほしい、かな」

すると知希の腕の中に閉じ込められて、「うん。分かった」と返してくれた。

「あした、デートしたい。知希の部屋も見たいな」

知希が顔を寄せ、「いいよ」と鼻先をちょんとくっつけて、にこりとほほえんでくれる。

理久は溢れる想いとともに彼にそっとくちづけた。

知希と始まる新しい世界が、目を閉じても広がるようだった。


雲の上にいるような気分が、昨晩からずっと続いている。

知希と新宿《しんじゅく》のシネコンに入ったものの、理久は集中して映画を鑑賞できなかったほどだ。

一週間前のあの日に観られなかったランキング上位のアクションムービーなのに、鑑賞後にストーリーの所々が薄ぼんやりしている。

だって自分の片想いだと思っていたけれど、暴君としてプレイする関係になる前から好きだったと、知希が明かしてくれたのだ。思い出すと頬がゆるむ。

——今日が仕事じゃなくてよかった。

映画のあとちょうど昼時だったので入ったこのカフェは、日曜ということもあって満席だ。ウォールナットの天然木にくすみカラーのドライフラワーとワイルドな葉振りの観葉植物が、梁《はり》見《み》せ天井《てんじょう》、柱や壁を飾る。女性同士やカップルが多いものの、男ふたりでも居心地がいい。

奥まった席から店内を眺めていた理久は、トイレから戻ってきて向かいに座る知希に「店の入口にけっこう行列ができてる」と話しかけた。ふたりが入ったとき外に列はなかったが、タッチの差でラッキーだったみたいだ。

知希がそちらを見遣《みや》り、ランチでどれくらい列《れつ》ってても並ぶか、の話になって、「とくに目的のものでもなかったら三十分待ちが限界かな」という意見で一致した。知希の価値観と一致したという些細《ささい》なことですら、密《ひそ》かにうれしい。

それぞれがオーダーしていたランチプレートがテーブルに運ばれる。

「そういえば、歓迎会してもらったあとくらいに、理久とランチしたくて『お昼はどこかで食べてから登塾してますか』って訊《き》いたことある。そのときは『家で食べてます』って返されて三秒で会話が終了したけど」

知希にただの講師同士だった頃の話を振られて、理久は苦笑いした。

「……あぁ、そういえば、そんなことあったね。覚えてる」

邪険にしたつもりはなかったが、あの頃は同僚の知希と特別に親しくなるつもりはなかったのだ。知希だけじゃなく、他の講師ともそんな距離感だった。

「つれなくされて、ちょっと落ち込んだよね。その頃は塾講のＬＩＮＥグループでつながってるだけだったし。――あ、俺のほうのもひと口食べる？」

それが今はこうして向きあって、それぞれロコモコとガパオライスを食べている。お互いのプレートのものを交換して食べあっているのだから、縁は異なものだ。

「『このカフェのランチがおすすめ』っておしえてくれた友だちの話だと、パフェも人気らしい。シャインマスカットのと、マンゴーのと。映《ば》えスイーツだって」

そう言われてみれば、ランチタイムにパフェを食べているテーブルもちらほら見受けられる。

「知希の友だちって、学生時代の？」

「そう。大学のときの男友だち五人とは、今でもたまに飲みに行ったりする。この店をおしえてくれたやつは『新宿は庭』って言っちゃうようなオープンゲイ。二丁目とか三丁目のその店もだけど、こういうデート向きのカフェなんかも詳《くわ》しい」

理久にも大学時代や地元の友人はいるが、自分の性的指向や性癖について明かしたことはもちろん一度もなくて、親友と呼べる人はいない。

――僕は親友も恋人も、知希がいてくれたらいいな。

それは依存だと言う人もいるかもしれないが、「彼を自分の傍に縛《しば》りつけよう」「行動を支配したい」とは思わない。

たとえ百人の知人に囲まれていても独《ひと》りのようなさみしい人生が、彼の登場によって今は明るく彩《いろど》られて映《うつ》り、一生自分の隣には誰も座らないだろうと思っていた席に、こうして知希がいてくれる。それで充分だし、この関係をたいせつにしていきたい。

ガパオライスを食べていた知希が、「あのさ」と少しあらたまった顔をした。

「その、俺の友だちと会うの、もし理久がいやじゃなかったら紹介したい」

「……知希の友だち、五人？」

「うん」

恋人の友だちの輪の中に飛び込むというアウェーな場面は、経験もないし少し気後れする。

それに知希は教室のヒエラルキーの上位にいるようなタイプだ。チャラいのや、素行不良の一派とは一線を画しつつ、たとえば文化祭でみんなから頼りにされるクラスリーダーの集団のひとり、みたいな。

自分自身の異質さが露呈《ろてい》しないように『普通のいい子』になろうと努めていた理久としては、一歩引いて見ていた、人生が華《はな》やかそうな人たちが集まっている教室の風景を思い出す。彼らが苦手なわけじゃない。そこに自分が入っていいものかな、と遠慮《えんりょ》する長年の癖《くせ》がついているせいだ。

「理久とつきあってることを、友だちの前では隠す気ないよっていうこと。どうしても会わせたいっていう話じゃないから、深く考えなくていいよ」

そんなふうに軽い調子で譲歩《じょうほ》して、実際気にしていないのだろう。『恋人の友だちとのつきあい』に決して乗り気とはいえない理久を理解してくれてもいる。

――相手を深く知りもしないうちから壁を作っているのは、いつも僕なんだよな。

知希と出会って、殊更《ことさら》に常人になろうとしなくても、ありのままを受け入れてくれる人もいることを知ったのだ。

「知希のたいせつな……親友？」

理久は明るい表情で問いかけた。知希は「まぁ……悩みを打ち明けたりできる、だいじな友だち。親友、だな」と少してれくさそうにうなずく。

「そのオープンにしてる人以外に、普通の人もいるんだよね？」

「俺がバイだっていうのも知った上で、そういうこと関係なしにつきあってくれてるから、俺自身もその点に気を遣ってない」

理久は目を瞬《まばた》かせた。そんなふうに受け入れてもらえる仲間がいるなんていう世界を、自分の身のまわりでリアルに感じたことがなくて、どこか絵空事のように思っていたのだ。

「そうなんだ……いい友だちだね」

「うん。何でも話せるし……あ……理久とのことも、ちょっと相談にのってもらったことある。同じ塾の男性講師で、俺は本気で好きだけど、つきあえそうにないからどうやって現状打破したらいいんだろって。俺たちの経緯《けいい》とか詳《くわ》しくは明かしてない。でもごめん……勝手に喋《しゃべ》って」

恋愛相談くらい仲のいい友だち同士ならするものだ。肝心《かんじん》な部分は知希が伏せて話したのだと伝わったし、理久は笑みを浮かべて「うん、だいじょうぶ」とうなずいた。

「そこで『相手は女の人』だってごまかされるほうが、僕としてはいろいろ考えちゃうかな。理解してくれてる友だちの前だから、相手が同性だって隠さず話せたっていうのも分かるし」

明るく答えた理久に、知希がほっとしたようにほほえんだ。

「友だちに『とにかくデートしろ』って当たり前のアドバイスされて、目から鱗《うろこ》だった。さっそく実行に移したのが、あのゲーセンの日で」

「じゃあ、その人たちのおかげでもあるね」

理久にとっても、あれが自分の気持ちの変化に気付く最初のターニングポイントだったのだ。

そう思うと、なんだか会ってみたくなった。

「つきあいが長くなれば、知希の友だちと会う機会だってきっとある。そのときは僕もあいさつできたら、いいかな」

理久からの色のいい返事に、知希が目を大きくして口元に笑みを浮かべる。

「あ、会うっていっても、来週とか、来月にでもっていう話じゃないから」

知希が慌ててそうつけ加え、理久も「うん」と笑顔でうなずいた。

「僕はできれば今はまだ、知希とこんなふうにふたりだけで会う時間が欲しい」

きのうようやく想いをかよわせあったのだ。暴君とすごした日々に、知希のプライベートを知る機会はそれほどなかったので、なおさらそう思う。

自分の気持ちを素直に明かすと、知希は一瞬驚いた顔をして、それからはにかみつつ「おう」と同意してくれた。

「俺も休みの日は会いたい。休みじゃない日も、できれば会いたい」

会いたい気持ちが重なっていることがうれしい。

「いつでもうちにどうぞ。つきあってもいないうちから、合鍵《あいかぎ》を渡しちゃってるし。物事の順番も距離感もバグってて、笑っちゃうね」

「じゃあ毎日のように入り浸って、理久が大量に持ってるマンガも読ませてもらおう」

彼のそれは冗談めいた口調だけど、本気でもいい。


その日曜の夜は知希の部屋で過ごして、朝帰りした。

シャワーを浴びて、清潔感のあるシャツとスーツに身を包み、月曜日の午前十一時半頃に塾講師として別々に登塾する。

プレイだけしていた頃は、人に言えない秘密を共有しているという背徳感が大きかった。今はそれより清々しい気持ちのほうが勝っている。

「皆河《みながわ》先生、桧山先生。来月の『駿台《すんだい》模試』『V模擬《もぎ》』『W模擬』ですけど、担当の生徒さんの申し込みは出揃《でそろ》ってますか？」

塾長に問われ、ふたりは「学年毎《ごと》にそれぞれリストアップ完了しています」「わたしも同じく」と答えた。塾長は「さすが」とにこやかだ。

一コマ目の授業が始まる前まで、指導報告書の作成、定期考査の成績入力がまだの保護者へのフォローなど事務作業に追われつつ、担当授業や演習の準備も行う。それから授業開始だ。担当コマがない時間は、自習室で勉強している生徒のフォローにも入る。

土日は知希のことばかり考えて過ごしたが、頭を切り替えて一日滞《とどこお》りなく業務をこなした。

最後の授業も事務作業も終わって、帰宅準備をしながらちらっと知希のほうへ目を遣る。

彼もこちらを見て「帰る？」と口の動きで伝えてきたので理久はうなずいた。

「桧山先生」

そのとき塾長に知希が声をかけられ、どきっとしつつ理久は何食わぬ顔で彼から目を逸《そ》らした。塾長が知希の席まで来たため、彼も「はい」とそこで立ち上がる。

理久はとりあえず少し様子を見ることにした。知希から「今日、一緒に帰ろう」と声をかけられていたので、話が長くなるようなら外で待ってもかまわない。

「桧山先生を訪ねて女性がお見えで」

知希は塾長と向き合っていて、とくに心当たりもないのか「どなたですか?」と首を傾《かし》げた。

「桧山先生が前にお勤めだった塾の生徒さん、高井千咲《たかいちさき》さんの親御さんだそうだけど。その方をご存じですか?」

塾長の口から出た高井千咲の名前に、理久も思わず顔を上げた。

知希の表情がいっぺんに緊張している。

わざわざ訪ねてきたということは、前の塾を辞めた原因にもなった『塾講師が女子中学生に手を出した』という濡《ぬ》れ衣《ぎぬ》の件と何か関係がありそうだ。

「はい……存じ上げていますが……」

「その娘さんのことで、桧山先生に相談したいことがあるとかで。ほら、最近うちに入塾した小谷《こたに》ゆりなさん——彼女から、桧山先生がうちで講師をしていると知ったそうですよ」

返答に困っている知希から、理久も目が離せない。

「何か問題があるようだったら、お帰りいただくこともできますよ」

いつになく戸惑う知希の表情を見て、塾長は何か感じるものがあったのだろう。そんなふうにそっと問いかけた。

高井千咲本人ではなく、その母親が来ている。

例の濡れ衣が表沙汰《おもてざた》になったとき、母親が塾に乗り込んできたと知希が話していた。だから知希の現在の居場所を知り、再び奇襲してきたのではと理久も懐疑的になってしまう。

「その方が、高井千咲さんのことで相談したい……と、仰《おっしゃ》ったんですか?」

知希の確認の問いかけに、塾長が「たしかにそう仰ったよ」とうなずいた。

彼女に何かあったのだろうか。「相談したい」とのことなら、あちらに過去の悪《あ》しき因縁《いんねん》を蒸し返して騒ぎ立てようという意図はないのかもしれない。

そして何より、知希も千咲の行く末については案じていた。しかし当時は、親子との接見を止められていたことに知希自身はほっとしていたとも話していたのだ。

「分かりました。お会いします」

理久は知希のその返答に驚いたが、事実無根なのだから、本来なら逃げも隠れもしなくていい立場だ。

塾長は「でもなぜ前の塾の保護者さんがわざわざおひとりで相談に?」と知希に問い、疑問に思っている様子で、理久もはらはらしつつなりゆきを見守った。

万が一ここでも冤罪《えんざい》について母親から追及されれば、前の塾の二の舞になりかねない。生徒側が虚言《きょげん》だと認めない限り、無実を証明するのは難しいと知希も話していた。

「あの親御さん、ちょっと思い詰めてる様子に見えたけど。現塾長として同席しなくてだいじょうぶ?」

そう申し出てくれた塾長に、知希は「……同席をお願いしてもよろしいでしょうか」と伺《うかが》いを立てている。

「つまり、前の塾で何かしらあったってことかな？」

「前の塾でのトラブルを塾長に申告していませんが、わたしは倫理的にも法にも抵触するようなことはしていません」

きっぱりとそう告げる知希に、塾長はややあってうなずいた。

「そういうことならなおさら、第三者が入っていたほうがいい。わたしの同席許可を貰《もら》って、中立的な立場で話を聞こう。じゃあ、隣の面談室に入って」

そのとき思わず自分の席から立ち上がった理久に、塾長と知希が振り向く。

知希のことが心配なのだ。また「自分が消えればすべて解決する」とでもいうように、最終的にここからいなくなってしまうのではないかと危惧してしまう。

すると知希が理久に向かって、だいじょうぶというように笑みを浮かべた。

「皆河先生には、そのトラブルについて相談していました」

知希が塾長にそう告げたので、理久は「何を聞いても彼を信頼してほしい」との気持ちを込めた強いまなざしでうなずいた。

「あぁ、そういうことね。じゃあ、皆河先生はここで待っててください」

そう言って、塾長が知希と連れ立っていく。

理久はふたりを見送り、再び自分の席に腰を下ろした。

「相談したい」という母親の言葉が本当なら、知希の今の立場を危うくするような悪い話ではないと信じたい。


隣の面談室からはとくに言い争うような声が響くこともなく、四十分ほど経って話が終わったようで、塾長と知希が講師ルームへ戻ってきた。理久は立ち上がり、ふたりを迎える。

ほかの講師たちはすでに帰宅していて、残っていたのは理久だけだ。

「お相手の方と冷静に話ができたし、だいじょうぶですよ」

開口一番、塾長が理久にそう報告してくれて、ひとまずほっとする。

でも「相談したい」との用件の詳細《しょうさい》はまだ分からない。

三人は丸テーブルを囲んで座った。そこで口火を切ったのは塾長だ。

「ひととおり話は聞きました。当時は娘さんの話にばかり耳を傾けて、『桧山先生を一方的に責めてしまった』と親御さんからお詫《わ》びの言葉もありましたし、わたしとしても桧山先生のことはこれまでどおり信頼の置ける講師という認識に変わりはありません」

塾長の言葉に、理久も心から安堵《あんど》する。知希の表情も、面談前より落ち着いて見えた。

「……それで、どういうご用件だったんですか？」

理久の問いかけに、今度は知希が口を開く。

「俺が前の塾を辞めてから、高井千咲さんが『自分の願望を実際にあったかのように友だちに話したり、ＳＮＳに上げてしまった』と親御さんに打ち明けたらしい。だから謝りたかったけど俺は辞めたあとだし、塾のほうから『連絡先はおしえられない』って言われたらしくて」

どんな理由があろうと個人情報は開示できないだろうから、当然の対応だ。それに知希が辞めたあと無実が証明されても、塾としてこの一件に関わるつもりはなかったのだろう。

当事者間で誤解がとけたならひとまずよかったと喜びたいが、誤認したまま真実が届かない人たち全員に、今さら無実を証明してまわるのは困難だ。ネット上に残された情報は永遠に残ってしまう。それが何かをきっかけに掘り起こされる場合だってある。

でも救いがあるのは、当事者が「すべて虚言だった」と認めていること、現塾長もそれを理解し信頼してくれていることだ。知希が無実の罪《つみ》で今の居場所を失うという、同じ轍《てつ》を踏むような事態は二度とあってはならない。

知希が「それで……」と話を続ける。

「高校生になった高井千咲さんは現在、不登校になっているらしい。俺が辞めることになって、それなのに自分だけ高校生活を楽しくなんか過ごせないって、入学から一日も登校せず家にいるって」

知希の報告に、理久は眉根《まゆね》を寄せた。

未熟で純粋《じゅんすい》な、まだ子どもだ。自分自身を責めて、昇華《しょうか》させることも、おとなのように割り切ることもできなかったのだろう。

「親御さんの相談というのは、高井千咲さん本人の謝罪を受けてもらえないだろうか、というものだった」

ようやく話の全貌《ぜんぼう》が見え、理久は「そうか……」と神妙にうなずいた。

一方的に糾弾《きゅうだん》しておいて今度は助けてくれとは虫のいい話にも思えるが、それは百も承知だろうし、子どもにはおとなの手助けが必要だ。

「その生徒さんは、ずいぶん後悔したんだろうね。時すでに遅しで、桧山先生に謝れなかったために、昨年十二月から時間がとまって前に進むことができずにいる」

それまで黙って話を聞いていた塾長がそうつぶやき、三人は沈黙した。

高校生活が始まり、すでに二学期だ。このままだと退学という話になるかもしれないし、その後の人生に大きな影響と心の傷を残してしまうのではないだろうか。

「……桧山先生に直接謝罪することで、彼女も区切りをつけられるんでしょうか……」

理久は問いながら、会うことでまた彼女の妄想が再燃しないのか、そこが少し心配になる。

「直接会わなくても、電話でもいいからってことだった」

知希がそうつけ加えたが、それでも心配だ。

「その生徒さん本人は、桧山先生がこの塾で働いていることを知ってるんですか？」

「今のところご存じなのは親御さんだけで、当人には伝えていないらしい」

塾長の返答に理久はひとまずほっとする。今後も報《しら》せないのはもちろんだが、他所《よそ》から耳に入る可能性は捨てきれない。

「これまでの経緯《けいい》を聞くと、こういっちゃなんだけど、またその子の妄想に巻き込まれないか……桧山先生のことが心配だよね、皆河先生」

塾長の懸念《けねん》に理久も同意する部分はあるが、知希の気持ちを知っているだけにうなずけない。

「心配ですが、その子と関わったおとなとしてこのままでいいのかなって……」

知希は濡れ衣で自主退職したのだから、謝罪願いを今さらだと突き返すこともできる。弁護士等の仲介者を立てるべきとアドバイスする人もいるだろう。

経緯を聞く限り、二度と関わらないほうがいいのかもしれない。しかし今何もしないで素通《すどお》りすれば、ずっと心に引っかかってしまう。知希なら、きっと。

「謝罪を受ける場合は、対面以外の方法でとお願いしたほうがいいのでは……とは思います」

自分が言えるのはここまで。決めるのは知希だ。

知希は沈黙し、考え込んでいる。理久はじっと知希を見つめた。

「……桧山先生は、どうしたい？」

理久の問いかけに、知希が顔を上げる。それから塾長と理久を順に見て、決意するように背筋を伸ばした。

「ご自宅に伺ってみようと思う。ずっと家から外に出ていないという話だから、俺が行って、部屋のドア越しでいいから話をしたい。もう誰もきみを責めていないし、過去は過去としてちゃんと前に進んでほしいと伝えたい」

知希は今度こそ向き合うという決断をするだろうと感じていた。

塾長も「きみの考えを尊重するよ」と同意し、自宅を訪ねるという理由にも納得して理久もうなずく。

「それ、僕が同行してもいいですか」

理久の申し出に、塾長が「え?」と目を丸くした。

「これまで相談にのっていた同僚として、付き添うだけです。桧山先生のことが心配だから。万が一、何かあったら困るけど、傍《そば》にいれば対処できることがあるかもしれないので。いちおう僕、桧山先生の先輩ですし!」

とってつけたような急な先輩風《かぜ》に知希がぽかんとしたあと、若干《じゃっかん》にまにまとしている。塾長も「あ、そか。先輩。そうだね」と笑って、図《はか》らずも和《なご》やかな空気になった。

「では、わたしまで同行して人が増えると威圧的《いあってき》になるだろうし、今後のことはおふたりに対応をお任せしようかな」

塾長の提案に知希は「はい」と首肯し、理久には「よろしくお願いします、先輩」と笑顔を見せた。

翌日の十九時以降はふたりともに授業が入っていなかったので、高井千咲の自宅を訪ね、彼女の部屋のドア越しに話をすることになった。

理久自身は、前の塾に乗り込んできたという母親と、はじめての対面だった。でも知希に対して平身低頭《へいしんていとう》で、いたって普通の我が子を想う母親だ。

ドア越しに知希が話をする間、理久は彼の傍で、母親は少し離れたところから見守った。

高井千咲の涙声で届いた謝罪に、知希は「うん、聞こえてる」とドアへ向かって返している。

「お母さんに真実を話してくれてありがとう。ずっと謝りたいと思ってくれていたことも、きのう知りました」

ドアの向こうからはすすり泣く声だけが聞こえる。

「わたしは新しいところで新しい人生を歩んでいるから、何も心配しないで。だから人生に一回しかない十六歳の高校生活を楽しんでほしい。二学期は始まったばかりだし、まだ間にあうよ。行ってみて雰囲気が合わなかったら別の高校へ編入するっていう方法もある。道は一本じゃない。今後のことは、きみをいちばんに想って助けてくれるお母さんとよく相談して」

かつての塾講師として、ひとりのおとなとしてドアの向こうの千咲に告げると、短い返事があり、知希は理久の目を見て清々《すがすが》しい笑みを浮かべた。

彼女だけじゃなく、知希にとっても心残りだったのだ。それがたった今、心底《しんてい》に澱《おり》を残すことなく昇華されたのだと、理久には感じられた。

「皆河先輩も、付き添ってくださってありがとうございました」

かしこまった口調で先輩呼びする知希に、理久は「からかって」と口を歪《ゆが》めた。知希はその反応にちょっと笑って「ほんとにありがとう」とあらたまる。だから理久もうなずいた。

高井家を出たあと、知希はまず塾内で連絡を待つ塾長に「無事に終わりました」と報告を入れていた。

もしドア越しに話をするという約束を反故《ほご》にされたらとか、相手が突然ドアを開けて予期せず対面することになったらとか、理久なりにどう対処するか考えてもいたが、すべて杞憂《きゆう》に終わってほっとする。

千咲は最後にドアの向こうで「ありがとうございました。先生も元気で」と、最初より明《めい》瞭《りょう》な声で締めくくったので、傍で聞いていた理久もきっとだいじょうぶだと感じた。

「塾長が『ふたりとも今日はそのまま帰っていいよ』だって」

それはありがたい。結果的に理久は付き添っただけだが、それでも訪問の直前からずっと緊張していたのだ。

「なんか食べて帰ろうか。俺、めっちゃ喉が渇《かわ》いた」

「うん、僕も」

ネクタイをゆるめている知希の表情が、すっきりとして明るく感じられる。

「塾長って、いい人だよね。直帰していいって言ってくれることもだけど、ああいうとき『現塾長として同席しよう』って申し出てくれるのも」

「そうだな。『前の塾でのトラブルなら自分は関係ない』ってスタンスなのが普通だ」

何か困ったことがあったら相談してねと、塾長から励《はげ》まされたことを思い出した。

それは決してポーズじゃないと行動で示されて、信頼できる上司のもとで働けるのは僥倖《ぎょうこう》だ。

これも巡《めぐ》り会《あ》ったひとつの縁だから、たいせつにしたい。

塾長だけじゃなく、先輩講師たちも「同じ年齢の講師同士で切磋琢磨《せっさたくま》していい雰囲気ですね」とあたたかく見守ってくれていると聞いている。理久が顔を上げて見ていなかったから、他人の思いやりに気付かなかっただけだ。

ずっと自分は独りだと思っていた。

――ちゃんと目を開いて、周りを見たら、素敵な人たちばかりだった……。

こうして隣を歩く彼が、閉ざしていた理久の目と心を「怖くないから開けてみて」と誘ってくれたのだ。

今は夜空の星さえも、いつもより数多《あまた》あるように理久の目に映る。

――僕がこれまで見逃していたしあわせもあったのかもしれないな。

だからもう、顔を伏せて後退りしないで前に進みたい。

ふたりの靴音が重なる夜の住宅街から車通りのある歩道へ出て、駅へ向かう。

知希が「塾長と三人で話したときさ」と話し始めた。

「理久が『桧山先生のことが心配だ』『万が一、何かあったとき傍にいれば対処できる』って強気で言ってくれたの、めっちゃ痺れたな。うれしかった。見るからにケンカ弱そうだけど」

「ケ、ケンカするつもりはないし！」

「今日、彼女と話すとき、理久がドアノブ側に立ってくれただろ」

疑って悪いとは思ったけれど、ドアが突然開いたときのことを考えてそうしたのだ。

「『僕が護《まも》る！』ってかんじで。俺はきゅんときたね」

「ただ傍に立ってるだけなら、一緒に行く意味ないし」

「理久の気持ちが、俺はとても心強かったよ。マジで内心でびびってたから」

苦笑しつつ正直に明かす知希に、理久は笑えない。

知希が憂慮《ゆうりょ》するのは当然だ。以前あったのと同様のトラブルが再燃するきっかけになりはしないかと、理久も危惧《きぐ》した。だからあの場で何か助けが必要になったとき、知希の傍に自分がいたいと思ったのだ。

「塾長はたぶん『もう関わらないほうがいい』って意見だっただろうし、それが正しいのかもしれないけど、理久が『その子と関わったおとなとしてこのままでいいのか』って言ってくれて、決心がついた。俺の考えはまちがってないはずだって。理久は俺の気持ちを分かってくれてるって、そのことが背中を押してくれた」

知希の言葉と笑顔に、理久もほほえみ返した。

「僕は、前の塾での件を聞いていて、知希の気持ちを知ってたから」

知希の過去にはじめて踏み込んだ日。

あの頃はまだ暴君とプレイするだけの関係だった。でも互いに胸臆《きょうおく》を開いて、深く理解したいと望んで求めていたのだ。悩みを打ち明けあった夜の回り道が、ふたつ目のターニングポイントになった。

立ちどまった知希と向き合う。そういうものを経て、今ここにいる。

「理久が俺の傍にいてくれてよかった。背中を押してくれて、ありがとう」

知希の想いがこもった声と言葉が、胸にあたたかさを伴《ともな》って響いた。

「僕は今日、僕も誰かを支えられるんだって、ひとりで生きてるわけじゃないんだって、あらためて実感できた。知希が傍にいてくれるから、そう感じられる」

知希が暴君の仮面をかぶってまで受け入れてくれたから――すべてはそこから始まっている。

「誰にも言えなかった願望を満たしてくれる暴君だからじゃなくて、今は目の前の知希のすべてが、本当に愛《いと》しいよ。僕は……知希が好きなんだ……」

想いが口を衝《つ》く。伝えたくて、知ってほしくて、とまらない。

「ほんとに、好きだよ。ぜんぶ好き。僕を好きになってくれて、うれしい。ありがとう」

心から溢れてくる想いをひとつ残らず言葉にした。

理久の想いを受け取って茫然《ぼうぜん》としたような表情の、知希の眸がうっすら潤《うる》んで、それが煌《きら》めいて見える。

「何よりたいせつな人だ。僕だけの。ずっと僕の隣で、恋人でいてほしい」

理久のほうから、知希の手を取ると、それを彼がぎゅっと握りかえしてくれた。

見つめあい、身体の中から湧いてくるしあわせを噛みしめて彼に向かってほほえむ。

知希も何か言いたげに口を開いたけれど、うれしすぎてつらそうな表情で、結局言葉はないままただ抱きしめられた。

——知希のそんな表情、はじめて見た。

でも言いたいことは分かった。彼はかつて、暴君の自分しか求められていないと思っていたのだ。でも今はそうじゃないよと、好きという想いを本当の意味でやっと伝えられた気がする。

理久も知希の背中に手をまわし、満たされる心地でまぶたを閉じた。

——いつでも僕が受けとめる。

車が何台も横を通りすぎる。誰かに見られることを気にするより、互いの想いを感じたい。

「きのうより、もっと好きだ」

知希の告白に、理久は「うん、僕も」と応えた。

結局、まともにそれぞれの家に帰ったのはきのうの一日だけ。

要件のあと「どこかで食べて帰ろう」という話だったけれど、「うちに来る?」と誘って理久の部屋にいる。

「なんか俺もう……十二時間とか、六時間ですら、離れられる気がしない」

「ん……離れなきゃいいよ」

睦言《むつごと》を交わし、理久は自分を組み敷いている知希に手をのばした。知希がその手を取り、引っ張って、身体が深くつながったまま彼の膝に抱き上げられる。

向かいあい、くちづけあって、奥の壁をくすぐるように下から腰を遣われると、悪寒《おかん》にも似た快感が背骨に沿ってぞわぞわと這《は》い上《あ》がり、理久は身をこわばらせた。

その感じすぎる奥まったところの襞を雁首の笠で執拗に引っかかれると、腰が抜けたようになってしまう。

「……っ……あ……んっ……」

「俺とするの好きって顔……とろけてえっちでかわいい」

知希が今度は深いところの窪《くぼ》みに尖端を嵌め込んだ状態で突き上げてくる。

「ここ、理久の好きなところ。気持ちいい?」

理久は声を呑み、震えながら、うんうんとうなずいた。

ピストンのスピードが徐々に上がり、激しくなってくる。振り落とされないように知希の首筋にしがみつき、後孔《こうこう》のふちから奥まで侵《おか》す深い抽挿を一途に受けとめた。

「あぁっ、んっ、ひうぅっ、うっ」

視界が定まらないくらいに振りたくられ、暴君を思い出す激しさにときめいて、練られた飴《あめ》のように身体が芯をなくしてしまう。

激しくされたかと思えば、一転してゆるやかな動きで中を捏《こ》ねられた。彼に身体を緩慢に揺らされるたびに、接合部からくちゃくちゃと、内襞がペニスに纏《まと》わりつくような音が響く。

「……突いたら、先っぽから白いのがこぼれる。ずっと甘イキしてる？」

理久はひくひくと喘ぎ、息を継ぐのに必死で返事ができない。

目線を落とした先で、ペニスの先端から何度も精液が溢れて陰茎を伝い落ちる。それを彼が親指で粘膜の丸みに塗《ぬ》り広《ひろ》げて弄るから、快感で背骨がとけてしまいそうだ。

気持ちよすぎて、脳が痺れて、浅い呼吸をするだけになってしまう。

「理久の中も、こっちも、とろとろ……」

「……気持ちぃ……」

返した言葉は声になっていなかったけれど、顔がくっつくほど傍にいる知希には伝わった。

俺も気持ちいい、と甘やかな声を耳に吹き込まれて、幸福感にうっとりする。

「理久も腰振って。教えただろ？　理久が気持ちいいところにこすりつけて、好きに動けばいいって」

快楽に酩酊《めいてい》し、頭の中がぼんやりと白濁していて反応できない。

あまり力の入らない手を取られて知希の肩を摑むように導かれ、もう片方の手は彼の脚に手をつくように誘われる。

理久はぎこちなく動いた。自分から動くのはぜんぜん慣れていなくて、すごくへたくそだ。

知希が腰を摑んで「ここだろ？」と硬茎がきつくこすれるように宛《あ》てがってくれる。

「そ、こっ……んっ……はぁっ……」

知希がおしえてくれたところは、内腿が震えるほど気持ちいい。

そこに自ら上下に動いて、腰をすりつける。

「んっ……じょうず。ふふっ……理久のが、がちがちに勃《た》ってるの、すげぇえろい」

その硬く勃起《ぼっき》したペニスを知希が手筒でゆるくピストンしてくれた。手淫《しゅいん》されると後孔が知希を食いしばるようにぎゅうっと収斂《しゅうれん》し、内壁にきつくこすれる。彼のかたちを身体の中で感じる。

「と、もき……僕の、強く握って、もっと、たくさん……こすって」

「俺はもっとえっちな理久が見たいんだけど」

知希は暴君とはちがうけれど、楽しそうにいじわるで、ゆるゆると慰《なぐさ》めるように指の輪を動かすだけ。

「——っ……」

理久はたまらず腰を前後に揺らし、ぬるぬるに濡れたペニスを彼の手にこすりつけた。するとようやく知希が手筒を狭《せま》くつくり、理久のリズムに合わせて絶妙な強さとタイミングで動かしてくれる。

一度波に乗ると、腰を振る行為がとめられない。気持ちよすぎて下っ腹や内腿が震えてくる。中と両方から湧く快感が合わさると、それは目眩《めまい》がするくらい何倍にも増幅《ぞうふく》されて感じた。

「こういう、理久が俺と同じ男なんだって分かるの、すごく興奮する」

彼の硬茎を深く銜《くわ》え込《こ》んでいるため、動くたび前後に圧がかかって、ぐちゃぐちゃに掻《か》き回《まわ》されるのがたまらない。

手筒に夢中ですりつけ、同時に後孔を彼の硬茎で犯されて、くちびるが震えるくらいの深い快楽に没頭《ぼっとう》する。でも見えている頂点には、どうしても指先が届かない。

「と、もき……イきたい……奥に、欲しい……お願いっ……」

ほかの誰もさわれないところまできてほしい。

理久を腕の中に抱いて、知希がベッドに背中をつけて寝転んだ。そうして彼に覆い被さった格好のまま、ひとしきりペニスを抜き挿《さ》しされる。

「——あぁっ、っ、んんっ、あっ……」

尻を摑んで固定され、中の胡桃を抉られるのがよすぎて、彼の動きがとまったときには身体の力が抜けてしまった。

知希の胸に頰を寄せて、はぁはぁと息を継ぐことしかできない。

つながって抱きしめられた状態でぐるんと半回転する。

今度は組み敷かれる体位になり、奥深いところでとまった。

理久が瞑っていたまぶたを開けると、興奮で潤《うる》む眸で見下ろされる。

大きく脚を割り広げられ、これ以上ないほど深く、先端まで硬い肉茎を押し込まれた。

「……っ……っ……！」

鮮烈な快感で震えるくちびるにくちづけながら腰を押しつけて最奥を搔き回され、すべての音が遠のいて悦楽の境地に押し上げられる。

喘ぐことしかできない身体を抱擁《ほうよう》され、理久も助けを求めるようにしがみついた。

消え入りそうな涙声で「もう、イく」と知希の顔に頰をすりつけて訴《うった》えると、「うん、俺も」と耳に吹き込まれる。

彼にとてつもなく愛されている。頭からつま先までとろかされていく。

まぶたの裏に映るのは真っ白でやわらかな光だ。

快楽と多幸感が飽和《ほうわ》して溢れ出し、理久が極まるのを追いかけて知希が熱い白濁をしぶかせるのを感じていた。

翌朝、知希は登塾前にいったん着替えなどをするため、ばたばたと自分のマンションに帰っていった。

――月末なら、もっと一緒にいられたのに。

勤めている学習塾はひと月を二十八日換算としていて、毎月二十九日から月末までは授業が行われず、基本的には講師も休みとなるからだ。

登塾するための品川《しながわ》へ向かう電車の中で、次の休みのことを考えながらスマホのカレンダーを眺める。

週休二日のうち、日曜日の休みは全員固定。ほかの曜日に希望休を出す決まりだが、毎回ふたりで同じ日に取得するわけにはいかない。

――土曜日がいちばん希望休を出しにくいし……。でも月末の連休なら、泊まりでどこかに遊びにも行けるかな。

そういえば独りだったとき、休暇《きゅうか》取得は何かの手続きや色気皆無の用事のあるなしが基準で、連休が欲しい、と考えたことはほとんどなかったのに。

希望休や連続休日どころか、知希が「六時間ですら離れられる気がしない」なんてかわいいことを言っていたのを思い出して、理久はこっそりほくそ笑んだ。

理久はそれに「離れなきゃいいよ」と返した。ベッドの中で、気分が高まっていたときの言葉だから、相手は百パーセント本気のセリフではないかもしれないが。

——僕はあながち……冗談でもないんだけどな。

こうなる前から、毎日でも会いたいと思っていたのだ。

頭の中に、可能な限り一緒にいられるための解決案がよぎる——といってもこの案はとくに目新しくはなく凡庸《ぼんよう》だ。世の恋人たちなら同じことを考えるだろうけど、彼はどうだろうか。すぐに賛成してくれるはず——妙に自信がある自分に、理久はふたたび顔を伏せて笑ってしまう。

電車が知希の住む町の駅のホームでとまり、ドアが開いたらそこに彼が立っていた。

知希が「二度目のおはよう」と理久の隣に並ぶ。理久も頬をゆるませたまま「おはよう」と返した。

「……笑ってる？」

「ん？　ううん」

ごまかしたけれど、こういう話は、どういうタイミングで切り出せばいいのだろうか。

「なんか今日とくにばたばただったわ。まず電車が遅延しててさ。帰ってそっこうでシャワーを浴びて、シャツにアイロンかけてる途中で電話入って、ネクタイに歯みがき粉つくし、最悪」

「ネクタイを結ぶ前に歯みがきしなよ」

「いやまぁ、そうなんだけど。慌ててたからさー」

肩がふれあいそうなくらい親密な距離感で、隣に立つ彼の横顔に思わず見とれた。

——僕を好きになってくれた人。

愛されたいという渇求《かっきゅう》を、彼だけが満たしてくれる。

毎日働いたあとは電車の中でさもしい妄想《もうそう》に浸《ひた》って帰って寝るだけだった日々が、遥《はる》か彼方《かなた》に消えていく。

「こういうときにばたばたしなくてすむ、いい解決案があるんだけど。桧山先生、聞いてくれますか?」

理久は明るく澄んだ秋晴れの空に視線をやり、うまくいく気しかしないと確信して、知希のほうへ振り向いた。

目があうと、彼もにっとほほえむ。

「俺も、それについてはめちゃめちゃいい案があるんだけど、皆河先生」

知希が肩と肩が重なるほど理久に身を寄せ、耳元に甘くてしあわせな提案を囁いた。

間近で見つめあって、くすくすと笑いあう。

「——うん。僕も同じこと言おうって思ってた」

「ではそれについての相談は、今夜なんかいかがでしょう?」

知希の早急な段取りがうれしくて、理久ははにかみながら「いいね」と返した。

あとがき

AFTERWORD

—川琴ゆい華—

こんにちは。ディアプラス文庫さんでは六冊目、『ぼくの暴君は溺《おぼ》れるくらいに甘い』をお手に取っていただきありがとうございます！　主人公二人の関係性と心情の変化をひたすら綴《つづ》っていくストレートすぎるくらいの現代ＢＬですが、お楽しみいただけましたか？

　このお話の四章までは二〇二二年発売の雑誌『小説ディアプラス』に掲載していただいたスペシャルショート、以降は書き下ろしです。

　雑誌掲載時は四章のあの場面で終わっていたため、「この続きは!?」とたくさんのご感想やご要望をいただきました。

　当時、療養から復帰して間もない頃で、小説を書くことや読んでいただくことに不安を感じていたので、ハガキ・お手紙・ＳＮＳで届いた「続きを読みたい」とのお声にとても励《はげ》まされました！　本当にうれしく、ありがたかったです。

　その期待に応《こた》えなければという思いばかり大きくなりすぎて、途中で迷ったり悩んだり自分にがっかりしたり…なんてこともあったのですが、掲載から時間が経《た》っても「続きを待ってます」とのリクエストが届き、「読者さんたちにお届けしたい！」という思いは強くなるいっぽうでした。

さて、今作はタブーな特殊性癖《せいへき》ものです。

「犯されたい」という欲望を秘匿《ひとく》している理久《りく》ですが、そのことで読む方を不快にさせたり傷つけたりしたくないという思いを持ちながら書き進めました。

誰しも人に言えない秘密のひとつくらいはあるかな。この人には話せても、みんなには知られたくないとか。最初の頃の理久みたいに、誰ひとりとして知られたくないという人もいるかもしれないですね。秘密を明かせば自分が楽になれる場合は、代わりに相手を傷つけるかもしれないですしね。今作で書きたかったことのひとつもその辺りにあります。

テーマが重いので重くなりすぎないように書きましたが、デビュー当時のわたしならいっそコミカルな雰囲気のお話にしていたかもしれません。でもわたしも十年超歳をとり、今まで書いたことのない作風に挑《いど》んで、良い経験となりました。

それと今回は珍しく巻末にＳＳを書かせていただきました。本篇ではふたりの出会いのシーンは描かれていないので、収録できてよかったです。対《つい》となる知希《ともき》視点のＳＳを書店様配布のペーパーにしました。そちらも機会があったらぜひ読んでやってください。

イラストをご担当いただいたのは、わたしにとって二度目となる金《かね》ひかる先生です！

雑誌掲載時、短いページ数＆タイトなスケジュールの中、表紙を含めて三点も素敵なイラストを描いていただき、「神様！」と拝みました。

知希はたとえいじわるな表情をしていてもあたたかさも感じるようなキャラに、理久は自信なさげな表情だけど暴君に傾倒していくキャラに描かれていて感激しました。

知希がどれを見てもかっこいいよね！　しょぼんと座っている理久がとくにかわいくて好きだなぁ。今回の文庫でも素敵なイラストの数々をありがとうございました。


担当様、ここ二、三年はとくにずっとご心配をおかけして、いろいろと濃《こま》やかにフォローしていただいており感謝申し上げます。長くかかりましたがスケジュールやペースもようやくもとに戻りますし、もうあまりお世話をおかけしないようにしたいです！（ゼロにはできないんか、というセルフツッコミ）今後ともどうぞよろしくお願いいたします。


最後に読者様。雑誌掲載時にハガキ・お手紙・ＳＮＳでメッセージをくださった方も、文庫化にあたりあらためてご感想をお聞かせいただけたらうれしいです。作品のご感想と新作が読みたいという声に支えられて作家として生きていられます。どうぞよろしくお願いします。

またこうして、皆様とお会いできますように。

ぼくと暴君が出会ったときのこと

　中学・高校・大学受験も終わり、卒業式シーズンとなった三月。日中はあたたかい日も増えて、電車のホームには夜に備えたコートを腕にかけている人もちらほら見かける。

　皆河理久《みながわりく》は登塾するために自宅最寄り駅の五反田《ごたんだ》から電車に乗り込んだ。毎日同じホームから、同じ時刻に発車する電車に乗って、品川《しながわ》駅まで二駅だからドア横に立つ。

　昼前なので朝のラッシュアワーほどではないが、今日は若い人が多いなと感じた。大学生や、高校の卒業生はすでに春休みに入っているし、中学生ももうすぐ卒業式だ。

　そんな季節の移ろいを電車内でも感じた週明け月曜日。

　塾講師として働く理久も担当する生徒の卒業や進級などあり、来年度に向けた仕事でいろいろと忙しいのだ。

　塾に着いたらあれもやらなきゃ、これも……と考え始めたとき電車が発車し、理久は窓の外の景色に目をやった。担当している授業や生徒のことは塾に着いてから考えるとして、この短い時間だけはスマホをポケットにしまったまま、流れる景色を眺めるだけでぼーっと過ごす。

　そのとき、向かいのドア付近のシートに座るスーツの男性が「かわるから、この席に座れば？」と十代とおぼしき若い女の子に声をかけるのに気がついた。男性のほうは二十六歳の理久と同年代に見える。女の子は「え……」と戸惑っているが、頬がこわばり、顔色も悪い。

もしかして体調が悪くなったのかな——そんなふうに見えた。

「具合が悪いなら、次の駅で駅員を呼ぶけど」

スーツの男性の問いかけに、女の子は首を横に振っている。

様子を見守っていると、男性はその女の子に座席を譲《ゆず》り、もとは女の子がいた位置に立った。

ただし端の手すりを背に、身体の向きを車内側にして、だ。その辺りには乗客がそこそこ詰まっているから、そのように立つとなかなかの至近距離で人と向かいあわせになってしまう。

普通は立つなら窓側に身体を向けるなり、人が少ない位置に移動したりするものだが。

スーツの男性と対峙《たいじ》するかたちになったトレンチコートの男性が、迷惑そうに顔をしかめている。それでもスーツの男性は、その立ち位置から動かない。

少し様子がおかしいから、理久は人と人の隙間からなりゆきを見守った。

——……なんか……変な人？

トレンチコートの男性に対して「ちょっとそこどけよ」と威嚇《いかく》しているように、理久の目に映《うつ》ったのだ。

無言で向きあっていたトレンチコートの男性が、スーツの男性を苦虫を噛み潰したような顔でじろりと睨《にら》み、別の場所へ移った。そこでようやくスーツの男性も移動し、理久のちょうど向かい側のドア付近で今度はスマホを見ながら普通に立っている。

クールな顔つきで、横顔は鼻筋がとおっており、冷たそうな目元が印象的だ。腰高で脚が長くてスタイルがいい。そうでなければ着こなせないはずのスリムスーツが似合っている。

——……かっこいい……けど……。

ちょっと変な人なのかも、という印象が拭《ぬぐ》えないまま電車は次の駅に停車し、乗客の乗降のあと再び動き出した。

うっかり絡まれるのはいやなので、いくら顔やスタイルが好みの男性だからとはいえちらちら見るのはやめて、窓の外に顔を向ける。

そうこうしているうちに電車が目的地の品川駅に到着して、そのスーツの男性も理久と同時に降りた。

「あの、すみません!」

誰かを呼びとめる声のほうに、理久はちらりと目を遣《や》る。見ると、さっき席をかわった女の子が、ホームであのスーツの男性を呼びとめたようだった。

「さっきはありがとうございました」

女の子はスーツの男性にそう言ってぺこりと頭を下げている。スーツの男性は自分を追いかけてきたことに少し驚いたような目をして「いや、うん」と会釈《えしゃく》した。あくまでもその態度は朴訥《ぼくとつ》といった雰囲気《ふんいき》だ。

「痴漢《ちかん》に限らずだけど、とくに春休みから新学期にかけて変なやつ増えるから気をつけて」

スーツの男性のアドバイスに、女の子は苦笑いとともにもう一度頭を下げて、ぱたぱたと駅のホームから改札側へ走って行く。

そこまで見守って、理久も改札へ向かった。

――変な人なんかじゃなくて、女の子を痴漢から助けたのか。

彼が「具合が悪いなら、次の駅で駅員を呼ぶけど」と言ったのは痴漢への牽制《けんせい》と、あの女の子に対して「通報する意思があるか」の確認の意味もあったのだろう。

機転を利《き》かせた問いかけで席を譲ってやり、痴漢を追い払った彼のことが、理久からも完璧《かんぺき》なヒーローのように見える。容姿や立ち居振る舞いから受ける印象とはちがい、言葉と行動に彼の心根のあたたかさが感じられた。

――僕が彼の立場だったら……どうしただろう。

痴漢と揉《も》めるのは怖いけれど、被害者に対して「席を譲ろうか」「場所をかわろうか」くらいなら言えそうだ。

そう思うのと同時に、どの口が、という自責も理久の中にふつふつと湧き上がってくる。

――犯されたい……なんて思ってる僕が。

清く正しい人たちを裏切っているような、どす黒い欲求が自分の中にあるのだ。痴漢から助けてやりたいのも本心だが、犯されたいという欲望が、二重規範であることを理久自身に突きつけてくる。

あの痴漢みたいに他人に己《おのれ》の欲望をぶつけるつもりはない。でもこの歪《ゆが》んだ性癖《せいへき》を抱《かか》えたまま、いたって普通の人間です、と嘘をついて生きていくしかないのだ。

昼前に塾に着き、受け持ちの授業の準備のためにコピー機の前にいたところ、背後から「失礼します」と声がした。

「本日、十三時より面接を受けさせていただきます、桧山《ひやま》と申します」

講師ルームの出入口となるドアから顔を出した男性を見て理久は瞠目《どうもく》し、「あっ」と声を上げた。さっき電車で女の子を痴漢から助けたヒーローの彼だったからだ。

しかし、相手は理久のことを認識していない。だから彼は、思わず声を上げてしまった理久に、不思議そうな顔で「お仕事中、お邪魔いたします」と小さく会釈してきた。

理久は反応してしまったことが恥ずかしくなり、てれ笑いで「お入りください」と返す。

「あー、どうも。今日面接の桧山さんですね」

そこに塾長が現れたため彼の目線もそちらへ向き、「面談室へどうぞ」と誘われて、あっという間に理久の前からいなくなった。

三月末で急に講師がひとり辞めることになり、その補充として今日面接が行われるという話は聞いていた。北千住《きたせんじゅ》のT塾で講師をやっていたという男性だ。

ちょっとのんびりした雰囲気のこの個人経営の学習塾とはちがい、T塾は都内にも多数教室があるような有名塾で、講師同士でもバチバチだというのは理久も耳にしたことがある。

T塾から転職の講師は理久と同じ年齢らしく、塾長から「もし採用になったら、皆河先生、仲良くしてくださいね」と言われたが、一方的にライバル視されて渡りあうなんてことになったらいやだなと思っていた。

——さっきの人……塾講だったんだ。

あのとき痴漢の前に威嚇するように立ちはだかり、女の子を助けた意味にさらに納得する。日頃から生徒たちを見守っている立場だから、卑劣《ひれつ》な痴漢行為が許せなかったのだろう。

理久が見たのはその場面だけだ。彼がどういう人物なのか、それですべてが分かったわけではないけれど。

——評価に関係ないところでも、ああいう行動ができる人って素敵だな。あと、ほんとに外見もかっこいいし。

一緒に働くことになったらいいなとひっそり期待し、実際にそうなるとは知らず、理久はどこか華《はな》やぐ気持ちで自分の仕事に戻ったのだった。

この本を読んでのご意見、ご感想などをお寄せください。
川琴ゆい華先生・金ひかる先生へのはげましのおたよりもお待ちしております。

〒113-0024　東京都文京区西片2-19-18　新書館
[編集部へのご意見・ご感想] 小説ディアプラス編集部「ぼくの暴君は溺れるくらいに甘い」係
[先生方へのおたより] 小説ディアプラス編集部気付　〇〇先生

-初出-
ぼくの暴君は溺れるくらいに甘い：
小説ディアプラス22年ナツ号（vol.96）掲載「ぼくだけの暴君」に、
５章～９章までを書き下ろし加筆、改題
ぼくと暴君が出会ったときのこと：書き下ろし

[ぼくのぼうくんはおぼれるくらいにあまい]
ぼくの暴君は溺れるくらいに甘い

著者：川琴ゆい華 かわこと・ゆいか

初版発行：2024年4月25日

発行所：株式会社 新書館
[編集] 〒113-0024
東京都文京区西片2-19-18　電話（03）3811-2631
[営業] 〒174-0043
東京都板橋区坂下1-22-14　電話（03）5970-3840
[URL] https://www.shinshokan.co.jp/

印刷・製本：株式会社 光邦

ISBN978-4-403-52598-8